LE SPLEEN DE PARIS

ŒUVRES DE CHARLES BAUDELAIRE

Dans Le Livre de Poche :

LES FLEURS DU MAL.
LES PARADIS ARTIFICIELS.

CHARLES BAUDELAIRE

Le Spleen de Paris

PETITS POÈMES EN PROSE

ÉDITION ÉTABLIE
PRÉSENTÉE ET COMMENTÉE
PAR YVES FLORENNE

LE LIVRE DE POCHE

Auteur dramatique (*Le Cavalier d'or*, *Le Sang de la terre*, *Antigone*, etc., et adaptations de Shakespeare), Yves Florenne a écrit aussi des romans (*Le Hameau de la Solitude*) et des récits (*Mes Espagnes*). Critique littéraire au *Monde*, il a publié de nombreuses études, notamment sur les romantiques, et s'est voué particulièrement à Baudelaire : on lui doit une importante édition critique des " Œuvres complètes ".

PRÉFACE

BAUDELAIRE est entré dans ses poèmes en prose comme dans une forêt inconnue, vierge à peu près, emplie de pièges, de prestiges et de périls, d'autant plus fascinante. S'il s'en fallait que tous les périls fussent visibles et définis, le poète ne s'y jetait pas à l'étourdie, il s'armait, au contraire, pour les vaincre ou les déjouer, parce que, à défaut sans doute de les connaître tous clairement, il en connaissait l'existence. Peut-être le lecteur du *Salon de 1859* n'avait-il pas remarqué, jetée parmi le discours sur la peinture, cette réflexion comme en aparté : « *Dangereuse comme la poésie en prose.* » Elle n'était même pas prémonitoire, en relation, au contraire, avec le travail entrepris, car il y avait deux années au moins que le dessein des poèmes en prose en tant qu'œuvre globale (même si on admet que Baudelaire n'avait regardé les premiers de ces poèmes que comme des exercices séparés) était formé et formulé.

On sait donc à quoi il pense. Et qu'il éprouve le besoin de penser ainsi tout haut : peut-être pour se donner un signal à lui-même; peut-être aussi pour se conforter auprès de quelques lecteurs qui, par hasard, l'entendraient. Et même, il redouble : « *Dangereuse comme la liberté absolue.* » Le mot trouve un écho dans ce qui a été dit des petits poèmes en prose : qu'ils étaient un « commencement absolu[1] ». Et il répond à la propre parole de Baudelaire sur la « peinture absolue ». Poésie *inouïe*, parce que fruit de la liberté absolue, serait-elle aussi la poésie absolue?

Mais tous ces absolus ont leur relativité. Et d'abord, qu'est-ce que la liberté absolue? — Si elle est la liberté de ne tenir que de soi ses règles, elle est bien celle du poète en prose. Et voici justement le principal danger qu'il aperçoit : c'est seulement dans une sorte d'illumination constante et d'infaillibilité en quoi il faut croire (mais, après tout, illumination et infaillibilité sont la poésie même) que ces règles trouveront leur source; ou plutôt cette règle, au sens monastique, souveraine, invisible, informulée, et d'une rigueur elle-même « absolue ».

Cette règle venue de soi, qui n'est que de soi, que personne ne connaît d'avance, et que per-

---

1. Voir la notice, p. 231.

sonne, par conséquent, ne reconnaît... Et voilà
toute la poésie méconnue. Peu importe, il est vrai,
puisqu'il suffit qu'elle soit. Mais là-dessus, tout
le premier, et à chaque pas de sa démarche qui
ne s'appuie sur rien, le poète ne sera-t-il pas tour-
menté de doutes? — Tout autant que les épreuves,
la maladie, le tarissement de la faculté créatrice,
c'est ce tourment qui aura fait, de la composition des poèmes en prose, une sorte de cal-
vaire.

Baudelaire les a conçus comme le « pendant »
des *Fleurs du mal* : par ce mot, qu'il répète avec
insistance, il exprime naturellement son dessein,
sa pensée dans une analogie plastique. Il ne faut
pas se méprendre à ce que ces pendants peuvent
faire, pour nous, un peu dessus de pendule. N'y
voyons pas ce que Sainte-Beuve, dans sa profonde cécité devant Baudelaire, aura vu : un
second « kiosque » ajouté au premier à la pointe
du « Kamtchatka romantique », — ni même
deux pavillons baroques, ou les ailes d'un édifice
qui n'aurait d'ailleurs pas de corps central. L'idée
de symétrie est toute de surface : dessous, il y a
celle de contrepoids, d'opposition et, si l'on veut,
de révolution. Par rapport aux *Fleurs du mal*, c'est
un tour complet, un retournement qui s'accom-

plit. « Pensers nouveaux », « frisson nouveau »,
sensations neuves, et « vers antiques » : voilà les
Fleurs du mal. Au moment même qu'il achève son
livre, le poète veut ouvrir une autre voie, qui soit
inexplorée; donner à l'expression poétique une
forme nouvelle, ou plutôt inventer une *autre*
poésie; mais où il fît pourtant la tentative de se
« correspondre » à lui-même, de reprendre dans
un mode insolite ses grands thèmes, mêlés de
notations lancinantes, d'accords grinçants ou
syncopés, de dissonances cruelles.

Sur son dessein, il s'explique clairement, tout
en feignant d'en réduire la portée et surtout le
mérite de l'exécution, et même de l'invention,
en les reportant sur d'autres, avec la modestie
rituelle des préfaces et dédicaces; avec, aussi, un
sentiment plus âcre et plus douloureux où se
mêlent le doute et le légitime orgueil. Ainsi, après
s'être présenté en imitateur, et même en pasti-
cheur, se « résigne »-t-il à « être lui-même ».

Lui-même, c'est-à-dire le poète des *Fleurs du
mal*, en quête d'un autre langage. Et c'est de ce
premier lui-même qu'il part pour s'élancer vers
l'autre, pressenti, voulu plus que déjà connu,
défini. Les « pendants » les plus voyants sont évidemment ceux où des pièces des *Fleurs du mal* sont
transcrites dans le langage de cette prose singulière, et se retrouvent avec leur titre, leurs leit-
motivs, cependant que s'y insinue l'ironie. Car si

Un Hémisphère dans une chevelure est la réplique de *La Chevelure* et déroule en versets ses larges annelures, *L'Invitation au voyage* introduit on ne sait quoi d'imperceptiblement parodique ou dérisoire, une gourmandise épaisse de Cocagne, et jusqu'à cette romance de Mignon qui, pour Baudelaire, venait évidemment de Goethe, mais où tourne pour nous le moulin à musique d'Ambroise Thomas. Du reste, c'est quand ils sont moins apparents que les pendants ont le plus de signification.

Les dangers de la prose poétique, pour les avoir mesurés (non sans savoir, d'ailleurs, que ses poèmes en prose étaient autre chose que la prose poétique qui, elle, n'était point nouvelle) Baudelaire n'y a certes pas toujours échappé. Le lecteur éprouve que ces petits poèmes sont des poèmes, plus ou moins. Les poèmes purs nous semblent les plus beaux. Ou presque purs, car à mesure qu'il avance dans « l'opération magique », Baudelaire prépare des dosages subtils, où la prose-prose éclate agressivement. Souvent, l'attaque du morceau donne le ton. « *Une chambre qui ressemble à une rêverie...* » — « *Laisse-moi respirer longtemps, longtemps l'odeur de tes cheveux...* » — « *Le jour tombe, un grand apaisement...* » — « *Le soleil accable la ville de sa lumière droite et terrible...* » : voilà pour les poèmes « purs », où la prose riche et nombreuse obéit à un rythme sensible, parfois distribué en

versets égaux comme des strophes. Il arrive même
— très rarement car le poète est en garde — qu'un
vers régulier, un alexandrin, échappe et fuse :
« *Resplendir l'infini de l'azur tropical;* voire un vers
léger, désinvolte, « dandy » : « *Elle est bien laide.
Elle est délicieuse pourtant.* » Ou celui-ci, dans *Le
Désir de peindre*, qu'on rendrait volontiers aux
Fleurs du mal : « *Et tout ce qu'elle inspire est nocturne
et profond.* »

Mais « purs », ces poèmes? — Sans doute parce
qu'ils ressemblent trop — et, par là, sont atteints
de quelque impureté — aux poèmes en vers; et
qu'ils pourraient avoir l'air de proses provisoires
à mettre en vers : danger, entre d'autres, que
Baudelaire a vite aperçu, — et signalé, pour qu'on
ne risque pas de s'y tromper. En fait, si quatre
poèmes des *Fleurs* ont leur « double » dans *Le
Spleen*, trois de ceux-ci sont certainement posté-
rieurs à ceux-là : il faudrait donc parler, tout au
contraire, de poèmes « déversifiés ». Mais le péril
n'est sans doute pas moindre. Le poète va s'y
arracher. Il ne doit rien rester des vieux vaisseaux
pour contenir son vin amer. L'effort pour les
briser, la contention, le labeur sont perceptibles,
et parfois un peu trop. Pour ne pas risquer de
retomber dans les mètres auxquels il a toujours
mesuré son *inspiration*, il cherche les ruptures, il
se jette dans l'impair auquel il s'était à peine
risqué dans *Les Fleurs*. Enfin, l'assonance et l'alli-

tération marquent avec insistance le caractère
poétique de cette prose.

Ici encore, l'attaque est révélatrice, mais c'est
le contre-ton qu'elle donne. « *Les Chinois voient
l'heure dans l'œil des chats* » : ainsi *L'Horloge* com-
mence-t-elle comme une « fantaisie » exotique
puisée, pour *Le Boulevard* ou pour *L'Artiste*, dans
l'Empire chinois du Père Huc. Et elle s'achève sur
un madrigal insolent : le poème est à l'intérieur.
« *Vauvenargues dit...* » : ´voilà un début guindé, un
peu pédant. *Les Veuves* sont pourtant une des plus
belles pièces du recueil. Après le passage de nouvelles « petites vieilles », la grande femme triste
et superbe de la fin est une figure de Delacroix.
Mais le poème n'était-il pas tout entier dans son
germe : « *La grande veuve mélancolique devant le
jardin de Musard.* »

Il arrive souvent aussi que l'attaque soit déli-
bérément en *prose*. Prose cursive du journalisme,
de la conférence ou de la conversation : « *Je n'ai
jamais rougi, même devant les jeunes écrivains de mon
siècle, de mon admiration pour Buffon* », ou : « *Un
gazetier philanthrope...*, etc. »; prose du récit : « *Dans
un boudoir d'hommes...* » ou : « *Fancioullo était un
admirable bouffon* »; voire prose volontairement
prosaïque, presque triviale : « *Comme nous nous
éloignions du bureau de tabac* », ou : « *Vraiment, ma
chère, vous me fatiguez.* » La clef, ici, comme pour le
poème « pur » ouvre bien le morceau tout entier.

Ces poèmes-là seraient, à la vérité, ou ne seraient plus que des moralités, des sotties; ou parfois — *Une mort héroïque; Laquelle est la vraie?* — des « histoires extraordinaires ». Et, enfin, des « fusées » — l'ironie de *La Perte d'auréole* n'est-elle que la pudeur de l'hallucination mystique notée dans *Fusées?* — ou des bribes de confession comme échappées avec des tressaillements au « cœur mis à nu ». L'obsession des « grandes capitales » en féconde et en exalte d'autres qui nous sont familières mais qui ont pris une étrange précision, qui se sont aiguisées, affilées. Ainsi, *Mademoiselle Bistouri* (et, plus allusivement, allégoriquement, la « coutellerie » du Diable-Eros des *Tentations*) est un aveu d'une cruauté, elle aussi « mise à nu », sans aucun maquillage esthétique. C'est l'inquiétante version de « l'amour-opération chirurgicale » et de « l'amour-torture », poussée jusqu'à la dissection ou la vivisection. Le « monstre innocent » rêve de sang; cependant que « Je », victime-bourreau-spectateur, caresse, lui, sans l'avouer, le désir de la décapiter, — tout comme *Une martyre*.

Cette dénudation de soi, qui pourrait bien être, dans ces poèmes, la plus complète et la plus implacable, elle est double, bien entendu : volontaire, mais inconsciente aussi. Du reste, *Le Spleen de Paris* est marqué du signe du double. Avec *Les Fleurs du mal*, il pourrait figurer à nos yeux la chambre double du poète. Mais ce serait fausser la vérité, qui elle-même est double, en la simplifiant : ici, chambre du réel; là, chambre de la rêverie, chambre « spirituelle ». Non, certes. Car *Le Spleen de Paris* est, à lui seul, une chambre double. Bien significatif, le titre que Baudelaire avait d'abord donné au poème XXVIII : *L'Idéal et le Réel*. Or, ce réel est surréel. Dans la chambre double, la réalité — celle de « l'insupportable » vie ou celle du Temps « hideux » — est une réalité spectrale. Entre le rêve-paradis et le cauchemar, il n'y a place pour rien. La ville et la vie où se meut ce « rôdeur » de la nuit, elles sont rêvées, et lui-même y passe comme une ombre que les autres ne voient pas et que lui regarde en les traversant. Ces voyages qu'il évoque vaguement dans des pays vagues, ils sont plus que des voyages imaginaires : comme les personnages qu'on y rencontre, les aventures que « je » y trouve, et comme « je » lui-même, ils ont tous les caractères du rêve.

Dans l'œuvre baudelairienne, rien plus que *Le Spleen de Paris*, peut-être, n'est soumis à la double « postulation » Dieu-Diable; à ce mouvement perpétuel entre le haut et le bas; à ce partage de minuit où l'âme trouve une étrange unité dans son écartèlement. Ainsi *Le Spleen* est-il tout entier traversé par ce qu'on n'ose appeler des oscillations, leurs amplitudes extrêmes étant simultanées : solitude « irrémédiable », mais jouissance du « bain de multitude »; tyrannie de la « face humaine », mais tentations de la foule humaine et tentatives de la charité; femme-enfer et femme-paradis...

Entre tous les thèmes baudelairiens qui resurgissent ici et se croisent, l'un des plus révélateurs est celui de la *vitre :* à la fois cloison avec l'*autre côté*, et ouverture sur l'autre côté. Et quand la vitre est magique, quand le bon vitrier a su poser les « verres de couleur », c'est moins pour parer d'une illusion le réel que pour le transfigurer, pour créer une *autre* réalité. Mais la chambre double n'a pas de fenêtres, elle sécrète sa propre lumière. C'est une chambre de miroirs, et ne suffit-il pas de deux miroirs pour ouvrir un double infini? — « L'esclave martyrisé du Temps » y triomphe de son bourreau; au cadran de l'Horloge « il est l'Éternité ».

Aux questions que posent ces « poèmes nocturnes », il est au moins deux réponses qu'ils donnent eux-mêmes. Invitée au voyage, de climat en climat, l'âme qui se tait longuement s'écrie enfin : « *N'importe où, hors du monde!* » C'est bien le lieu de la chambre double. Or, l'Idole unique qui y trône, répétant infiniment, avec la flamme

des cierges, son multiple visage de miroir en
miroir, elle quitte enfin son masque de chair et
apparaît dans son ultime nudité. Elle seule *est :*
« *Tout est néant, excepté la mort.* »

YVES FLORENNE.

LE SPLEEN DE PARIS

PETITS POÈMES EN PROSE

A ARSÈNE HOUSSAYE

MON cher ami, je vous envoie un petit ouvrage dont on ne pourrait pas dire, sans injustice, qu'il n'a ni queue ni tête, puisque tout, au contraire, y est à la fois tête et queue, alternativement et réciproquement. Considérez, je vous prie, quelles admirables commodités cette combinaison nous offre à tous, à vous, à moi et au lecteur. Nous pouvons couper où nous voulons, moi ma rêverie, vous le manuscrit, le lecteur sa lecture; car je ne suspends pas la volonté rétive de celui-ci au fil interminable d'une intrigue superflue. Enlevez une vertèbre, et les deux morceaux de cette tortueuse fantaisie se rejoindront sans peine. Hachez-la en nombreux fragments, et vous verrez que chacun peut exister à part. Dans l'espérance que quelques-uns de ces tronçons seront assez vivants pour vous plaire et vous amuser, j'ose vous dédier le serpent tout entier.

J'ai une petite confession à vous faire. C'est en feuille-

tant pour la vingtième fois au moins, le fameux Gaspard
de la Nuit, d'*Aloysius Bertrand* (un livre connu de vous,
de moi et de quelques-uns de nos amis, n'a-t-il pas tous
les droits à être appelé fameux?) que l'idée m'est venue
de tenter quelque chose d'analogue, et d'appliquer à la
description de la vie moderne, ou plutôt d'une vie moderne
et plus abstraite, le procédé qu'il avait appliqué à
la peinture de la vie ancienne, si étrangement pitto-
resque.

Quel est celui de nous qui n'a pas, dans ses jours
d'ambition, rêvé le miracle d'une prose poétique, musicale
sans rythme et sans rime, assez souple et assez heurtée
pour s'adapter aux mouvements lyriques de l'âme, aux
ondulations de la rêverie, aux soubresauts de la conscience?

C'est surtout de la fréquentation des villes énormes,
c'est du croisement de leurs innombrables rapports que
naît cet idéal obsédant. Vous-même, mon cher ami,
n'avez-vous pas tenté de traduire en une chanson le cri
strident du Vitrier, et d'exprimer dans une prose lyrique
toutes les désolantes suggestions que ce cri envoie jusqu'aux mansardes, à travers les plus hautes brumes de
la rue?

Mais, pour dire le vrai, je crains que ma jalousie
ne m'ait pas porté bonheur. Sitôt que j'eus commencé le
travail, je m'aperçus que non-seulement je restais bien
loin de mon mystérieux et brillant modèle, mais encore
que je faisais quelque chose (si cela peut s'appeler quelque chose) de singulièrement différent, accident dont

tout autre que moi s'enorgueillirait sans doute, mais qui ne peut qu'humilier profondément un esprit qui regarde comme le plus grand honneur du poëte d'accomplir juste ce qu'il a projeté de faire.

Votre bien affectionné,

C. B.

L'ÉTRANGER

— Qui aimes-tu le mieux, homme énigmatique, dis? ton père, ta mère, ta sœur ou ton frère?

— Je n'ai ni père, ni mère, ni sœur, ni frère.

— Tes amis?

— Vous vous servez là d'une parole dont le sens m'est resté jusqu'à ce jour inconnu.

— Ta patrie?

— J'ignore sous quelle latitude elle est située.

— La beauté?

— Je l'aimerais volontiers, déesse et immortelle.

— L'or?

— Je le hais comme vous haïssez Dieu.

— Eh! qu'aimes-tu donc, extraordinaire étranger?

— J'aime les nuages... les nuages qui passent... là-bas... là-bas... les merveilleux nuages!

LE DÉSESPOIR DE LA VIEILLE

La petite vieille ratatinée se sentit toute réjouie en voyant ce joli enfant à qui chacun faisait fête, à qui tout le monde voulait plaire; ce joli être, si fragile comme elle, la petite vieille, et, comme elle aussi, sans dents et sans cheveux.

Et elle s'approcha de lui, voulant lui faire des risettes et des mines agréables.

Mais l'enfant épouvanté se débattait sous les caresses de la bonne femme décrépite, et remplissait la maison de ses glapissements.

Alors la bonne vieille se retira dans sa solitude éternelle, et elle pleurait dans un coin, se disant :
— « Ah! pour nous, malheureuses vieilles femelles, l'âge est passé de plaire, même aux innocents; et nous faisons horreur aux petits enfants que nous voulons aimer! »

III

LE *CONFITEOR* DE L'ARTISTE

Que les fins de journées d'automne sont pénétrantes! Ah! pénétrantes jusqu'à la douleur! car il
est de certaines sensations délicieuses dont le vague
n'exclut pas l'intensité; et il n'est pas de pointe
plus acérée que celle de l'Infini.

Grand délice que celui de noyer son regard dans
l'immensité du ciel et de la mer! Solitude, silence,
incomparable chasteté de l'azur! une petite voile
frissonnante à l'horizon, et qui par sa petitesse et
son isolement imite mon irrémédiable existence,
mélodie monotone de la houle, toutes ces choses
pensent par moi, ou je pense par elles (car dans la
grandeur de la rêverie, le *moi* se perd vite!); elles
pensent, dis-je, mais musicalement et pittores-
quement, sans arguties, sans syllogismes, sans
déductions.

Toutefois, ces pensées, qu'elles sortent de moi
ou s'élancent des choses, deviennent bientôt trop

intenses. L'énergie dans la volupté crée un malaise et une souffrance positive. Mes nerfs trop tendus ne donnent plus que des vibrations criardes et douloureuses.

Et maintenant la profondeur du ciel me consterne; sa limpidité m'exaspère. L'insensibilité de la mer, l'immuabilité du spectacle me révoltent... Ah! faut-il éternellement souffrir, ou fuir éternellement le beau? Nature, enchanteresse sans pitié, rivale toujours victorieuse, laisse-moi! Cesse de tenter mes désirs et mon orgueil! L'étude du beau est un duel où l'artiste crie de frayeur avant d'être vaincu.

UN PLAISANT

C'ÉTAIT l'explosion du nouvel an : chaos de boue et de neige, traversé de mille carrosses, étincelant de joujoux et de bonbons, grouillant de cupidités et de désespoirs, délire officiel d'une grande ville fait pour troubler le cerveau du solitaire le plus fort.

Au milieu de ce tohu-bohu et de ce vacarme, un âne trottait vivement, harcelé par un malotru armé d'un fouet.

Comme l'âne allait tourner l'angle d'un trottoir, un beau monsieur ganté, verni, cruellement cravaté et emprisonné dans des habits tout neufs, s'inclina cérémonieusement devant l'humble bête, et lui dit, en ôtant son chapeau : « Je vous la souhaite bonne et heureuse! » puis se retourna vers je ne sais quels camarades avec un air de fatuité, comme pour les prier d'ajouter leur approbation à son contentement.

L'âne ne vit pas ce beau plaisant, et continua de
courir avec zèle où l'appelait son devoir.

Pour moi, je fus pris subitement d'une incom-
mensurable rage contre ce magnifique imbécile,
qui me parut concentrer en lui tout l'esprit de la
France.

LA CHAMBRE DOUBLE

Une chambre qui ressemble à une rêverie, une chambre véritablement *spirituelle*, où l'atmosphère stagnante est légèrement teintée de rose et de bleu.

L'âme y prend un bain de paresse, aromatisé par le regret et le désir. — C'est quelque chose de crépusculaire, de bleuâtre et de rosâtre; un rêve de volupté pendant une éclipse.

Les meubles ont des formes allongées, prostrées, alanguies. Les meubles ont l'air de rêver; on les dirait doués d'une vie somnambulique, comme le végétal et le minéral. Les étoffes parlent une langue muette, comme les fleurs, comme les ciels, comme les soleils couchants.

Sur les murs nulle abomination artistique. Relativement au rêve pur, à l'impression non analysée, l'art défini, l'art positif est un blasphème. Ici, tout a la suffisante clarté et la délicieuse obscurité de l'harmonie.

Une senteur infinitésimale du choix le plus exquis, à laquelle se mêle une très-légère humidité, nage dans cette atmosphère, où l'esprit sommeillant est bercé par des sensations de serre chaude.

La mousseline pleut abondamment devant les fenêtres et devant le lit; elle s'épanche en cascades neigeuses. Sur ce lit est couchée l'Idole, la souveraine des rêves. Mais comment est-elle ici? Qui l'a amenée? quel pouvoir magique l'a installée sur ce trône de rêverie et de volupté? Qu'importe? la voilà! je la reconnais.

Voilà bien ces yeux dont la flamme traverse le crépuscule; ces subtiles et terribles *mirettes*, que je reconnais à leur effrayante malice! Elles attirent, elles subjuguent, elles dévorent le regard de l'imprudent qui les contemple. Je les ai souvent étudiées, ces étoiles noires qui commandent la curiosité et l'admiration.

A quel démon bienveillant dois-je d'être ainsi entouré de mystère, de silence, de paix et de parfums? O béatitude! ce que nous nommons généralement la vie, même dans son expansion la plus heureuse, n'a rien de commun avec cette vie suprême dont j'ai maintenant connaissance et que je savoure minute par minute, seconde par seconde!

Non! il n'est plus de minutes, il n'est plus de secondes! Le temps a disparu; c'est l'Éternité qui règne, une éternité de délices!

Mais un coup terrible, lourd, a retenti à la porte, et, comme dans les rêves infernaux, il m'a semblé que je recevais un coup de pioche dans l'estomac.

Et puis un Spectre est entré. C'est un huissier qui vient me torturer au nom de la loi; une infâme concubine qui vient crier misère et ajouter les trivialités de sa vie aux douleurs de la mienne; ou bien le saute-ruisseau d'un directeur de journal qui réclame la suite du manuscrit.

La chambre paradisiaque, l'idole, la souveraine des rêves, la *Sylphide*, comme disait le grand René, toute cette magie a disparu au coup brutal frappé par le Spectre.

Horreur! je me souviens! je me souviens! Oui! ce taudis, ce séjour de l'éternel ennui, est bien le mien. Voici les meubles sots, poudreux, écornés; la cheminée sans flamme et sans braise, souillée de crachats : les tristes fenêtres où la pluie a tracé des sillons dans la poussière; les manuscrits, raturés ou incomplets; l'almanach où le crayon a marqué les dates sinistres!

Et ce parfum d'un autre monde, dont je m'enivrais avec une sensibilité perfectionnée, hélas! il est remplacé par une fétide odeur de tabac mêlée à je ne sais quelle nauséabonde moisissure. On respire ici maintenant le ranci de la désolation.

Dans ce monde étroit, mais si plein de dégoût, un seul objet connu me sourit : la fiole de laudanum; une vieille et terrible amie; comme toutes les amies, hélas! féconde en caresses et en traîtrises.

Oh! oui! le Temps a reparu; le Temps règne en souverain maintenant; et avec le hideux vieillard est revenu tout son démoniaque cortège de Souvenirs, de Regrets, de Spasmes, de Peurs, d'Angoisses, de Cauchemars, de Colères et de Névroses.

Je vous assure que les secondes maintenant sont fortement et solennellement accentuées, et chacune, en jaillissant de la pendule, dit : — « Je suis la Vie, l'insupportable, l'implacable Vie! »

Il n'y a qu'une seconde dans la vie humaine qui ait mission d'annoncer une bonne nouvelle, la *bonne nouvelle* qui cause à chacun une inexplicable peur.

Oui! le Temps règne; il a repris sa brutale dictature. Et il me pousse, comme si j'étais un bœuf, avec son double aiguillon. — « Et hue donc! bourrique! Sue donc, esclave! Vis donc, damné! »

CHACUN SA CHIMÈRE

Sous un grand ciel gris, dans une grande plaine poudreuse, sans chemins, sans gazon, sans un chardon, sans une ortie, je rencontrai plusieurs hommes qui marchaient courbés.

Chacun d'eux portait sur son dos une énorme Chimère, aussi lourde qu'un sac de farine ou de charbon, ou le fourniment d'un fantassin romain.

Mais la monstrueuse bête n'était pas un poids inerte ; au contraire, elle enveloppait et opprimait l'homme de ses muscles élastiques et puissants ; elle s'agrafait avec ses deux vastes griffes à la poitrine de sa monture ; et sa tête fabuleuse surmontait le front de l'homme, comme un de ces casques horribles par lesquels les anciens guerriers espéraient ajouter à la terreur de l'ennemi.

Je questionnai l'un de ces hommes, et je lui demandai où ils allaient ainsi. Il me répondit qu'il n'en savait rien, ni lui, ni les autres ; mais qu'évi-

demment ils allaient quelque part, puisqu'ils
étaient poussés par un invincible besoin de marcher.

Chose curieuse à noter : aucun de ces voyageurs
n'avait l'air irrité contre la bête féroce suspendue
à son cou et collée à son dos; on eût dit qu'il la
considérait comme faisant partie de lui-même.
Tous ces visages fatigués et sérieux ne témoi-
gnaient d'aucun désespoir; sous la coupole splee-
nétique du ciel, les pieds plongés dans la poussière
d'un sol aussi désolé que ce ciel, ils cheminaient
avec la physionomie résignée de ceux qui sont
condamnés à espérer toujours.

Et le cortège passa à côté de moi et s'enfonça
dans l'atmosphère de l'horizon, à l'endroit où la
surface arrondie de la planète se dérobe à la curiosité du regard humain.

Et pendant quelques instants je m'obstinai à
vouloir comprendre ce mystère; mais bientôt
l'irrésistible Indifférence s'abattit sur moi, et j'en
fus plus lourdement accablé qu'ils ne l'étaient
eux-mêmes par leurs écrasantes Chimères.

VII

LE FOU ET LA VÉNUS

Quelle admirable journée! Le vaste parc se pâme sous l'œil brûlant du soleil, comme la jeunesse sous la domination de l'Amour.

L'extase universelle des choses ne s'exprime par aucun bruit; les eaux elles-mêmes sont comme endormies. Bien différente des fêtes humaines, c'est ici une orgie silencieuse.

On dirait qu'une lumière toujours croissante fait de plus en plus étinceler les objets; que les fleurs excitées brûlent du désir de rivaliser avec l'azur du ciel par l'énergie de leurs couleurs, et que la chaleur, rendant visibles les parfums, les fait monter vers l'astre, comme des fumées.

Cependant, dans cette jouissance universelle, j'ai aperçu un être affligé.

Aux pieds d'une colossale Vénus, un de ces fous artificiels, un de ces bouffons volontaires chargés de faire rire les rois quand le Remords ou l'Ennui

les obsède, affublé d'un costume éclatant et ridi-
cule, coiffé de cornes et de sonnettes, tout ramassé
contre le piédestal, lève des yeux pleins de larmes
vers l'immortelle Déesse.

Et ses yeux disent : — « Je suis le dernier et le
plus solitaire des humains, privé d'amour et d'amitié, et bien inférieur en cela au plus imparfait des
animaux. Cependant je suis fait, moi aussi, pour
comprendre et sentir l'immortelle Beauté! Ah!
Déesse! ayez pitié de ma tristesse et de mon
délire! »

Mais l'implacable Vénus regarde au loin je ne
sais quoi avec ses yeux de marbre.

VIII

LE CHIEN ET LE FLACON

« Mon beau chien, mon bon chien, mon cher tou-tou, approchez et venez respirer un excellent par-fum acheté chez le meilleur parfumeur de la ville. »

Et le chien, en frétillant de la queue, ce qui est, je crois, chez ces pauvres êtres, le signe correspon-dant du rire et du sourire, s'approche et pose curieusement son nez humide sur le flacon débou-ché; puis, reculant soudainement avec effroi, il aboie contre moi, en manière de reproche.

« — Ah! misérable chien, si je vous avais offert un paquet d'excréments, vous l'auriez flairé avec délices et peut-être dévoré. Ainsi, vous-même, indigne compagnon de ma triste vie, vous ressem-blez au public, à qui il ne faut jamais présenter des parfums délicats qui l'exaspèrent, mais des ordures soigneusement choisies. »

LE MAUVAIS VITRIER

Il y a des natures proprement contemplatives et tout à fait impropres à l'action, qui cependant, sous une impulsion mystérieuse et inconnue, agissent quelquefois avec une rapidité dont elles se seraient crues elles-mêmes incapables.

Tel qui, craignant de trouver chez son concierge une nouvelle chagrinante, rôde lâchement une heure devant sa porte sans oser rentrer, tel qui garde quinze jours une lettre sans la décacheter, ou ne se résigne qu'au bout de six mois à opérer une démarche nécessaire depuis un an, se sentent quelquefois brusquement précipités vers l'action par une force irrésistible, comme la flèche d'un arc. Le moraliste et le médecin, qui prétendent tout savoir, ne peuvent pas expliquer d'où vient si subitement une si folle énergie à ces âmes paresseuses et voluptueuses, et comment, incapables d'accomplir les choses les plus simples et les plus nécessaires, elles trouvent à une certaine minute un courage de luxe pour exécuter les actes les plus absurdes et souvent même les plus dangereux.

Un de mes amis, le plus inoffensif rêveur qui ait existé, a mis une fois le feu à une forêt pour voir, disait-il, si le feu prenait avec autant de facilité qu'on l'affirme généralement. Dix fois de suite l'expérience manqua; mais, à la onzième, elle réussit beaucoup trop bien.

Un autre allumera un cigare à côté d'un tonneau de poudre, *pour voir, pour savoir, pour tenter la destinée*, pour se contraindre lui-même à faire preuve d'énergie, pour faire le joueur, pour connaître les plaisirs de l'anxiété, pour rien, par caprice, par désœuvrement.

C'est une espèce d'énergie qui jaillit de l'ennui et de la rêverie; et ceux en qui elle se manifeste si opinément sont, en général, comme je l'ai dit, les plus indolents et les plus rêveurs des êtres.

Un autre, timide à ce point qu'il baisse les yeux même devant les regards des hommes, à ce point qu'il lui faut rassembler toute sa pauvre volonté pour entrer dans un café ou passer devant le bureau d'un théâtre, où les contrôleurs lui paraissent investis de la majesté de Minos, d'Eaque et de Rhadamanthe, sautera brusquement au cou d'un vieillard qui passe à côté de lui et l'embrassera avec enthousiasme devant la foule étonnée.

Pourquoi? Parce que... parce que cette physionomie lui était irrésistiblement sympathique? Peut-être; mais il est plus légitime de supposer que lui-même il ne sait pas pourquoi.

J'ai été plus d'une fois victime de ces crises et de ces élans, qui nous autorisent à croire que des Démons malicieux se glissent en nous et nous font accomplir à notre insu, leurs plus absurdes volontés.

Un matin je m'étais levé maussade, triste, fatigué d'oisiveté, et poussé, me semblait-il, à faire quelque chose de grand, une action d'éclat; et j'ouvris la fenêtre, hélas!

(Observez, je vous prie, que l'esprit de mystification qui, chez quelques personnes, n'est pas le résultat d'un travail ou d'une combinaison, mais d'une inspiration fortuite, participe beaucoup, ne fût-ce que par l'ardeur du désir, de cette humeur, hystérique selon les médecins, satanique selon ceux qui pensent un peu mieux que les médecins, qui nous pousse sans résistance vers une foule d'actions dangereuses ou inconvenantes.)

La première personne que j'aperçus dans la rue, ce fut un vitrier dont le cri perçant, discordant, monta jusqu'à moi à travers la lourde et sale atmosphère parisienne. Il me serait d'ailleurs impossible de dire pourquoi je fus pris à l'égard de ce pauvre homme d'une haine aussi soudaine que despotique.

« — Hé! hé! » et je lui criai de monter. Cependant je réfléchissais, non sans quelque gaieté, que, la chambre étant au sixième étage et l'escalier fort étroit, l'homme devait éprouver quelque peine à opérer son ascension et accrocher en maint endroit les angles de sa fragile marchandise.

Enfin il parut : j'examinai curieusement toutes ses vitres, je lui dis : « — Comment? vous n'avez pas de verres de couleur? des verres roses, rouges, bleus, des vitres magiques, des vitres de paradis? Impudent que vous êtes! vous osez vous promener dans des quartiers pauvres, et vous n'avez pas même de vitres qui fassent voir la vie en beau! » Et je le poussai vivement vers l'escalier, où il trébucha en grognant.

Je m'approchai du balcon et je me saisis d'un petit pot de fleurs, et quand l'homme reparut au débouché de la porte, je laissai tomber perpendiculairement mon engin de guerre sur le rebord postérieur de ses crochets; et le choc le renversant, il acheva de briser sous son dos toute sa pauvre fortune ambulatoire qui rendit le bruit éclatant d'un palais de cristal crevé par la foudre.

Et, ivre de ma folie, je lui criai furieusement : « La vie en beau! la vie en beau! »

Ces plaisanteries nerveuses ne sont pas sans péril, et on peut souvent les payer cher. Mais qu'importe l'éternité de la damnation à qui a trouvé dans une seconde l'infini de la jouissance?

X

A UNE HEURE DU MATIN

Enfin! seul! On n'entend plus que le roulement de quelques fiacres attardés et éreintés. Pendant quelques heures, nous posséderons le silence, sinon le repos. Enfin! la tyrannie de la face humaine a disparu, et je ne souffrirai plus que par moi-même.

Enfin! il m'est donc permis de me délasser dans un bain de ténèbres! D'abord, un double tour à la serrure. Il me semble que ce tour de clef augmentera ma solitude et fortifiera les barricades qui me séparent actuellement du monde.

Horrible vie! Horrible ville! Récapitulons la journée : avoir vu plusieurs hommes de lettres, dont l'un m'a demandé si l'on pouvait aller en Russie par voie de terre (il prenait sans doute la Russie pour une île); avoir disputé généreusement contre le directeur d'une revue, qui à chaque objection répondait : « — C'est ici le parti des honnêtes gens », ce qui implique que tous les autres journaux sont rédigés par des coquins; avoir salué une vingtaine de personnes, dont quinze me sont inconnues; avoir distribué des poignées de main dans la même proportion, et cela sans avoir pris la précaution d'acheter des gants; être monté pour tuer le temps, pendant une averse, chez une sauteuse qui m'a prié de lui dessiner un costume de *Vénustre;* avoir fait ma cour à un directeur de théâtre, qui m'a dit en me congédiant : « — Vous feriez peut-être bien de vous adresser à Z...; c'est le plus lourd, le plus sot et le plus célèbre de tous mes auteurs; avec lui vous pourriez peut-être aboutir à quelque chose. Voyez-le, et puis nous verrons »; m'être vanté (pourquoi?) de plusieurs vilaines actions que je n'ai jamais commises, et avoir lâchement nié quelques autres méfaits que j'ai accomplis avec joie, délit de fanfaronnade, crime de respect humain; avoir refusé à un ami un service facile, et donné une recommandation écrite à un parfait drôle; ouf! est-ce bien fini?

Mécontent de tous et mécontent de moi, je voudrais bien me racheter et m'enorgueillir un peu dans le silence et la solitude de la nuit. Ames de ceux que j'ai aimés, âmes de ceux que j'ai chantés, fortifiez-moi, soutenez-moi, éloignez de moi le mensonge et les vapeurs corruptrices du monde;

et vous, Seigneur mon Dieu! accordez-moi la grâce de produire quelques beaux vers qui me prouvent à moi-même que je ne suis pas le dernier des hommes, que je ne suis pas inférieur à ceux que je méprise!

LA FEMME SAUVAGE
ET LA PETITE MAITRESSE

« Vraiment, ma chère, vous me fatiguez sans
mesure et sans pitié; on dirait, à vous entendre
soupirer, que vous souffrez plus que les glaneuses
sexagénaires et que les vieilles mendiantes qui
ramassent des croûtes de pain à la porte des
cabarets.

« Si au moins vos soupirs exprimaient le remords, ils vous feraient quelque honneur; mais ils
ne traduisent que la satiété du bien-être et l'acca-
blement du repos. Et puis, vous ne cessez de vous
répandre en paroles inutiles : « Aimez-moi bien!
j'en ai tant besoin! Consolez-moi par-ci, caressez-
moi par-là! » Tenez, je veux essayer de vous
guérir; nous en trouverons peut-être le moyen,
pour deux sols, au milieu d'une fête, et sans aller
bien loin.

« Considérons bien, je vous prie, cette solide
cage de fer derrière laquelle s'agite, hurlant comme

un damné, secouant les barreaux comme un orang-
outang exaspéré par l'exil, imitant, dans la perfec-
tion, tantôt les bonds circulaires du tigre, tantôt
les dandinements stupides de l'ours blanc, ce
monstre poilu dont la forme imite assez vaguement la vôtre.

« Ce monstre est un de ces animaux qu'on
appelle généralement « mon ange! », c'est-à-dire
une femme. L'autre monstre, celui qui crie à tue-
tête, un bâton à la main, est un mari. Il a enchaîné
sa femme légitime comme une bête, et il la montre
dans les faubourgs, les jours de foire, avec permis-
sion des magistrats, cela va sans dire. « Faites bien
attention! Voyez avec quelle voracité (non simu-
lée peut-être!) elle déchire des lapins vivants et des
volailles piaillantes que lui jette son cornac.
« Allons, dit-il, il ne faut pas manger tout son bien
en un jour », et, sur cette sage parole, il lui arrache
cruellement la proie, dont les boyaux dévidés restent un instant accrochés aux dents de la bête
féroce, de la femme, veux-je dire.

« Allons! un bon coup de bâton pour la calmer!
car elle darde des yeux terribles de convoitise sur
la nourriture enlevée. Grand Dieu! le bâton n'est
pas un bâton de comédie, avez-vous entendu
résonner la chair, malgré le poil postiche? Aussi
les yeux lui sortent maintenant de la tête, elle
hurle *plus naturellement*. Dans sa rage, elle étincelle
tout entière, comme le fer qu'on bat.

« Telles sont les mœurs conjugales de ces deux descendants d'Eve et d'Adam, ces œuvres de vos mains, ô mon Dieu! Cette femme est incontestablement malheureuse, quoique après tout, peut-être, les jouissances titillantes de la gloire ne lui soient pas inconnues. Il y a des malheurs plus irrémédiables, et sans compensation. Mais dans le monde où elle a été jetée, elle n'a jamais pu croire que la femme méritât une autre destinée.

« Maintenant, à nous deux, chère précieuse! A voir les enfers dont le monde est peuplé, que voulez-vous que je pense de votre joli enfer, vous qui ne reposez que sur des étoffes aussi douces que votre peau, qui ne mangez que de la viande cuite, et pour qui un domestique habile prend soin de découper les morceaux?

« Et que peuvent signifier pour moi tous ces petits soupirs qui gonflent votre poitrine parfumée, robuste coquette? Et toutes ces affectations apprises dans les livres, et cette infatigable mélancolie, faite pour inspirer au spectateur un tout autre sentiment que la pitié? En vérité, il me prend quelquefois envie de vous apprendre ce que c'est que le vrai malheur.

« A vous voir ainsi, ma belle délicate, les pieds dans la fange et les yeux tournés vaporeusement vers le ciel, comme pour lui demander un roi, on dirait vraisemblablement une jeune grenouille qui invoquerait l'idéal. Si vous méprisez le soliveau (ce que je suis maintenant, comme vous savez bien), gare la grue *qui vous croquera, vous gobera et vous tuera à son plaisir!*

« Tant poëte que je sois, je ne suis pas aussi dupe que vous voudriez le croire, et si vous me fatiguez trop souvent de vos *précieuses* pleurniche-ries, je vous traiterai en *femme sauvage*, ou je vous jetterai par la fenêtre, comme une bouteille vide. »

LES FOULES

Il n'est pas donné à chacun de prendre un bain de multitude : jouir de la foule est un art; et celui-là seul peut faire, aux dépens du genre humain, une ribote de vitalité, à qui une fée a insufflé dans son berceau le goût du travestissement et du masque, la haine du domicile et la passion du voyage.

Multitude, solitude : termes égaux et convertibles pour le poëte actif et fécond. Qui ne sait pas peupler sa solitude, ne sait pas non plus être seul dans une foule affairée.

Le poëte jouit de cet incomparable privilège, qu'il peut à sa guise être lui-même et autrui. Comme ces âmes errantes qui cherchent un corps, il entre, quand il veut, dans le personnage de chacun. Pour lui seul, tout est vacant; et si de certaines places paraissent lui être fermées, c'est qu'à ses yeux elles ne valent pas la peine d'être visitées.

Le promeneur solitaire et pensif tire une singulière ivresse de cette universelle communion. Celui-là qui épouse facilement la foule connaît des jouissances fiévreuses, dont seront éternellement privés l'égoïste, fermé comme un coffre, et le paresseux, interné comme un mollusque. Il adopte comme siennes toutes les professions, toutes les joies et toutes les misères que la circonstance lui présente.

Ce que les hommes nomment amour est bien petit, bien restreint et bien faible, comparé à cette ineffable orgie, à cette sainte prostitution de l'âme qui se donne tout entière, poésie et charité, à l'imprévu qui se montre, à l'inconnu qui passe.

Il est bon d'apprendre quelquefois aux heureux de ce monde, ne fût-ce que pour humilier un instant leur sot orgueil, qu'il est des bonheurs supérieurs au leur, plus vastes et plus raffinés. Les fondateurs de colonies, les pasteurs de peuples, les prêtres missionnaires exilés au bout du monde, connaissent sans doute quelque chose de ces mystérieuses ivresses; et, au sein de la vaste famille que leur génie s'est faite, ils doivent rire quelquefois de ceux qui les plaignent pour leur fortune si agitée et pour leur vie si chaste.

LES VEUVES

Vauvenargues dit que dans les jardins publics il est des allées hantées principalement par l'ambition déçue, par les inventeurs malheureux, par les gloires avortées, par les cœurs brisés, par toutes ces âmes tumultueuses et fermées, en qui grondent encore les derniers soupirs d'un orage, et qui reculent loin du regard insolent des joyeux et des oisifs. Ces retraites ombreuses sont les rendez-vous des éclopés de la vie.

C'est surtout vers ces lieux que le poëte et le philosophe aiment diriger leurs avides conjectures. Il y a là une pâture certaine. Car s'il est une place qu'ils dédaignent de visiter, comme je l'insinuais tout à l'heure, c'est surtout la joie des riches. Cette turbulence dans le vide n'a rien qui les attire. Au contraire, ils se sentent irrésistiblement entraînés vers tout ce qui est faible, ruiné, contristé, orphelin.

Un œil expérimenté ne s'y trompe jamais. Dans

ces traits rigides ou abattus, dans ces yeux caves
et ternes, ou brillants des derniers éclairs de la
lutte, dans ces rides profondes et nombreuses, dans
ces démarches si lentes ou si saccadées, il déchiffre
tout de suite les innombrables légendes de l'amour
trompé, du dévouement méconnu, des efforts non
récompensés, de la faim et du froid humblement,
silencieusement supportés.

Avez-vous quelquefois aperçu des veuves sur ces
bancs solitaires, des veuves pauvres? Qu'elles
soient en deuil ou non, il est facile de les reconnaître. D'ailleurs il y a toujours dans le deuil du
pauvre quelque chose qui manque, une absence
d'harmonie qui le rend plus navrant. Il est contraint de lésiner sur sa douleur. Le riche porte la
sienne au grand complet.

Quelle est la veuve la plus triste et la plus attris-
tante, celle qui traîne à sa main un bambin avec
qui elle ne peut pas partager sa rêverie, ou celle qui
est tout à fait seule? Je ne sais... Il m'est arrivé une
fois de suivre pendant de longues heures une vieille
affligée de cette espèce; celle-là roide, droite, sous
un petit châle usé, portait dans tout son être une
fierté de stoïcienne.

Elle était évidemment condamnée, par une
absolue solitude, à des habitudes de vieux céli-
bataire, et le caractère masculin de ses mœurs
ajoutait un piquant mystérieux à leur austérité.
Je ne sais dans quel misérable café et de quelle

façon elle déjeuna. Je la suivis au cabinet de lecture; et je l'épiai longtemps pendant qu'elle cher-
chait dans les gazettes, avec des yeux actifs, jadis
brûlés par les larmes, des nouvelles d'un intérêt
puissant et personnel.

Enfin, dans l'après-midi, sous un ciel d'automne
charmant, un de ces ciels d'où descendent en foule
les regrets et les souvenirs, elle s'assit à l'écart dans
un jardin, pour entendre, loin de la foule, un de
ces concerts dont la musique des régiments gra-
tifie le peuple parisien.

C'était sans doute là la petite débauche de cette
vieille innocente (ou de cette vieille purifiée), la
consolation bien gagnée d'une de ces lourdes journées sans ami, sans causerie, sans joie, sans confident, que Dieu laissait tomber sur elle, depuis bien
des ans peut-être! trois cent soixante-cinq fois par
an.

Une autre encore :

Je ne puis jamais m'empêcher de jeter un regard, sinon universellement sympathique, au
moins curieux, sur la foule de parias qui se pressent
autour de l'enceinte d'un concert public. L'or-
chestre jette à travers la nuit des chants de fête, de
triomphe ou de volupté. Les robes traînent en
miroitant; les regards se croisent; les oisifs, fatigués de n'avoir rien fait, se dandinent, feignant de
déguster indolemment la musique. Ici rien que de
riche, d'heureux; rien qui ne respire et n'inspire

l'insouciance et le plaisir de se laisser vivre; rien, excepté l'aspect de cette tourbe qui s'appuie là-bas sur la barrière extérieure, attrapant gratis, au gré du vent, un lambeau de musique, et regardant l'étincelante fournaise intérieure.

C'est toujours chose intéressante que ce reflet de la joie du riche au fond de l'œil du pauvre. Mais ce jour-là, à travers ce peuple vêtu de blouses et d'indienne, j'aperçus un être dont la noblesse faisait un éclatant contraste avec toute la trivialité environnante.

C'était une femme grande, majestueuse, et si noble dans tout son air, que je n'ai pas souvenir d'avoir vu sa pareille dans les collections des aristocratiques beautés du passé. Un parfum de hautaine vertu émanait de toute sa personne. Son visage, triste et amaigri, était en parfaite accordance avec le grand deuil dont elle était revêtue. Elle aussi, comme la plèbe à laquelle elle s'était mêlée et qu'elle ne voyait pas, elle regardait le monde lumineux avec un œil profond, et elle écoutait en hochant doucement la tête.

Singulière vision! « A coup sûr, me dis-je, cette pauvreté-là, si pauvreté il y a, ne doit pas admettre l'économie sordide; un si noble visage m'en répond. Pourquoi donc reste-t-elle volontairement dans un milieu où elle fait une tache si éclatante? »

Mais en passant curieusement auprès d'elle, je crus en deviner la raison. La grande veuve tenait par la main un enfant comme elle vêtu de noir; si modique que fût le prix d'entrée, ce prix suffisait peut-être pour payer un des besoins du petit être, mieux encore, une superfluité, un jouet.

Et elle sera rentrée à pied, méditant et rêvant, seule, toujours seule; car l'enfant est turbulent, égoïste, sans douceur et sans patience; et il ne peut même pas, comme le pur animal, comme le chien et le chat, servir de confident aux douleurs solitaires.

LE VIEUX SALTIMBANQUE

Partout s'étalait, se répandait, s'ébaudissait le peuple en vacances. C'était une de ces solennités sur lesquelles, pendant un long temps, comptent les saltimbanques, les faiseurs de tours, les montreurs d'animaux et les boutiquiers ambulants, pour compenser les mauvais temps de l'année.

En ces jours-là il me semble que le peuple oublie tout, la douleur et le travail; il devient pareil aux enfants. Pour les petits c'est un jour de congé, c'est l'horreur de l'école renvoyée à vingt-quatre heures. Pour les grands c'est un armistice conclu avec les puissances malfaisantes de la vie, un répit dans la contention et la lutte universelles.

L'homme du monde lui-même et l'homme occupé de travaux spirituels échappent difficilement à l'influence de ce jubilé populaire. Ils absorbent, sans le vouloir, leur part de cette atmosphère d'insouciance. Pour moi, je ne manque jamais, en vrai Parisien, de passer la revue de toutes les baraques qui se pavanent à ces époques solennelles.

Elles se faisaient, en vérité, une concurrence formidable : elles piaillaient, beuglaient, hurlaient. C'était un mélange de cris, de détonations de cuivre et d'explosions de fusées. Les queues-rouges et les Jocrisses convulsaient les traits de leurs visages basanés, racornis par le vent, la pluie et le soleil ; ils lançaient, avec l'aplomb des comédiens sûrs de leurs effets, des bons mots et des plaisanteries d'un comique solide et lourd, comme celui de Molière. Les Hercules, fiers de l'énormité de leurs membres, sans front et sans crâne, comme les orangs-outangs, se prélassaient majestueusement sous les maillots lavés la veille pour la circonstance. Les danseuses, belles comme des fées ou des princesses, sautaient et cabriolaient sous le feu des lanternes qui remplissaient leurs jupes d'étincelles.

Tout n'était que lumière, poussière, cris, joie, tumulte ; les uns dépensaient, les autres gagnaient, les uns et les autres également joyeux. Les enfants se suspendaient aux jupons de leurs mères pour obtenir quelque bâton de sucre, ou montaient sur les épaules de leurs pères pour mieux voir un escamoteur éblouissant comme un dieu. Et partout circulait, dominant tous les parfums, une odeur de friture qui était comme l'encens de cette fête.

Au bout, à l'extrême bout de la rangée de baraques, comme si, honteux, il s'était exilé lui-même de toutes ces splendeurs, je vis un pauvre saltimbanque, voûté, caduc, décrépit, une ruine d'homme, adossé contre un des poteaux de sa cahute ; une cahute plus misérable que celle du sauvage le plus abruti, et dont deux bouts de chandelles, coulants et fumants, éclairaient trop bien encore la détresse.

Partout la joie, le gain, la débauche ; partout la certitude du pain pour les lendemains ; partout l'explosion frénétique de la vitalité. Ici la misère absolue, la misère affublée, pour comble d'horreur, de haillons comiques, où la nécessité, bien plus que l'art, avait introduit le contraste. Il ne riait pas, le misérable ! Il ne pleurait pas, il ne dansait pas, il ne gesticulait pas, il ne criait pas ; il ne chantait aucune chanson, ni gaie, ni lamentable, il n'implorait pas. Il était muet et immobile. Il avait renoncé, il avait abdiqué. Sa destinée était faite.

Mais quel regard profond, inoubliable, il promenait sur la foule et les lumières, dont le flot mouvant s'arrêtait à quelques pas de sa répulsive misère ! Je sentis ma gorge serrée par la main terrible de l'hystérie, et il me sembla que mes regards étaient offusqués par ces larmes rebelles qui ne veulent pas tomber.

Que faire ? A quoi bon demander à l'infortuné quelle curiosité, quelle merveille il avait à montrer dans ces ténèbres puantes, derrière son rideau déchiqueté? En vérité, je n'osais; et dût la raison de ma timidité vous faire rire, j'avouerai que je craignais de l'humilier. Enfin, je venais de me résoudre à déposer en passant quelque argent sur une de ses planches, espérant qu'il devinerait mon intention, quand un grand reflux du peuple, causé par je ne sais quel trouble, m'entraîna loin de lui.

Et, m'en retournant, obsédé par cette vision, je cherchai à analyser ma soudaine douleur, et je me dis : Je viens de voir l'image du vieil homme de lettres qui a survécu à la génération dont il fut le brillant amuseur; du vieux poëte sans amis, sans famille, sans enfants, dégradé par sa misère et par l'ingratitude publique, et dans la baraque de qui le monde oublieux ne veut plus entrer!

LE GÂTEAU

Je voyageais. Le paysage au milieu duquel j'étais placé était d'une grandeur et d'une noblesse irrésistibles. Il en passa sans doute en ce moment quelque chose dans son âme. Mes pensées voltigeaient avec une légèreté égale à celle de l'atmosphère; les passions vulgaires, telles que la haine et l'amour profane, m'apparaissaient maintenant aussi éloignées que les nuées qui défilaient au fond des abîmes sous mes pieds; mon âme me semblait aussi vaste et aussi pure que la coupole du ciel dont j'étais enveloppé; le souvenir des choses terrestres n'arrivait à mon cœur qu'affaibli et diminué, comme le son de la clochette des bestiaux imperceptibles qui paraissaient loin, bien loin, sur le versant d'une autre montagne. Sur le petit lac immobile, noir de son immense profondeur, passait quelquefois l'ombre d'un nuage, comme le reflet du manteau d'un géant aérien volant à travers le ciel. Et je me souviens que cette sensation

solennelle et rare, causée par un grand mouvement parfaitement silencieux, me remplissait d'une
joie mêlée de peur. Bref, je me sentais grâce à
l'enthousiasmante beauté dont j'étais environné,
en parfaite paix avec moi-même et avec l'univers;
je crois même que, dans ma parfaite béatitude et
dans mon total oubli de tout le mal terrestre, j'en
étais venu à ne plus trouver si ridicules les journaux qui prétendent que l'homme est né bon; —
quand la matière incurable renouvelant ses exi-
gences, je songeai à réparer la fatigue et à soulager
l'appétit causés par une si longue ascension. Je
tirai de ma poche un gros morceau de pain, une
tasse de cuir et un flacon d'un certain élixir que
les pharmaciens vendaient dans ce temps-là aux
touristes pour le mêler à l'occasion avec de l'eau
de neige.

Je découpais tranquillement mon pain, quand
un bruit très-léger me fit lever les yeux. Devant
moi se tenait un petit être déguenillé, noir, ébou-
riffé, dont les yeux creux, farouches et comme
suppliants, dévoraient le morceau de pain. Et je
l'entendis soupirer, d'une voix basse et rauque, le
mot : *gâteau!* Je ne pus m'empêcher de rire en
entendant l'appellation dont il voulait bien hono-
rer mon pain presque blanc, et j'en coupai pour
lui une belle tranche que je lui offris. Lentement
il se rapprocha, ne quittant pas des yeux l'objet
de sa convoitise; puis, happant le morceau avec

sa main, se recula vivement, comme s'il eût craint que mon offre ne fût pas sincère ou que je m'en repentisse déjà.

Mais au même instant il fut culbuté par un autre petit sauvage, sorti je ne sais d'où, et si parfaitement semblable au premier qu'on aurait pu le prendre pour son frère jumeau. Ensemble ils roulèrent sur le sol, se disputant la précieuse proie, aucun n'en voulant sans doute sacrifier la moitié pour son frère. Le premier, exaspéré, empoigna le second par les cheveux; celui-ci lui saisit l'oreille avec les dents, et en cracha un petit morceau sanglant avec un superbe juron patois. Le légitime propriétaire du gâteau essaya d'enfoncer ses petites griffes dans les yeux de l'usurpateur; à son tour celui-ci appliqua toutes ses forces à étrangler son adversaire d'une main, pendant que de l'autre il tâchait de glisser dans sa poche le prix du combat. Mais, ravivé par le désespoir, le vaincu se redressa et fit rouler le vainqueur par terre d'un coup de tête dans l'estomac. A quoi bon décrire une lutte hideuse qui dura en vérité plus longtemps que leurs forces enfantines ne semblaient le promettre? Le gâteau voyageait de main en main et changeait de poche à chaque instant; mais, hélas! il changeait aussi de volume; et lorsque enfin, exténués, haletants, sanglants, ils s'arrêtèrent par impossibilité de continuer, il n'y avait plus, à vrai dire, aucun sujet de bataille; le morceau de pain avait disparu, et il était éparpillé en miettes semblables aux grains de sable auxquels il était mêlé.

Ce spectacle m'avait embrumé le paysage, et la joie calme où s'ébaudissait mon âme avant d'avoir vu ces petits hommes avait totalement disparu; j'en restai triste assez longtemps, me répétant sans cesse : « Il y a donc un pays superbe où le pain s'appelle du *gâteau*, friandise si rare qu'elle suffit pour engendrer une guerre parfaitement fratricide! »

L'HORLOGE

LES Chinois voient l'heure dans l'œil des chats.

Un jour un missionnaire, se promenant dans la banlieue de Nankin, s'aperçut qu'il avait oublié sa montre, et demanda à un petit garçon quelle heure il était.

Le gamin du céleste Empire hésita d'abord; puis, se ravisant, il répondit : « Je vais vous le dire. » Peu d'instants après, il reparut, tenant dans ses bras un fort gros chat, et le regardant, comme on dit, dans le blanc des yeux, il affirma sans hésiter : « Il n'est pas encore tout à fait midi. » Ce qui était vrai.

Pour moi, si je me penche vers la belle Féline, la si bien nommée, qui est à la fois l'honneur de son sexe, l'orgueil de mon cœur et le parfum de mon esprit, que ce soit la nuit, que ce soit le jour, dans la pleine lumière ou dans l'ombre opaque, au fond de ses yeux adorables je vois toujours l'heure distinctement, toujours la même, une heure vaste,

solennelle, grande comme l'espace, sans division
de minutes ni de secondes, — une heure immobile
qui n'est pas marquée sur les horloges, et cependant légère comme un soupir, rapide comme un
coup d'œil.

Et si quelque importun venait me déranger pendant que mon regard repose sur ce délicieux
cadran, si quelque Génie malhonnête et intolé-
rant, quelque Démon du contre-temps venait me
dire : « Que regardes-tu là avec tant de soin? Que
cherches-tu dans les yeux de cet être? Y vois-tu
l'heure, mortel prodigue et fainéant? » je répon-
drais sans hésiter : « Oui, je vois l'heure; il est
l'Éternité! »

N'est-ce pas, madame, que voici un madrigal
vraiment méritoire, et aussi emphatique que vous-
même? En vérité, j'ai eu tant de plaisir à broder
cette prétentieuse galanterie, que je ne vous
demanderai rien en échange.

UN HÉMISPHÈRE
DANS UNE CHEVELURE

LAISSE-MOI respirer longtemps, longtemps, l'odeur de tes cheveux, y plonger tout mon visage, comme un homme altéré dans l'eau d'une source, et les agiter avec ma main comme un mouchoir odorant, pour secouer des souvenirs dans l'air.

Si tu pouvais savoir tout ce que je vois ! tout ce que je sens ! tout ce que j'entends dans tes cheveux ! Mon âme voyage sur le parfum comme l'âme des autres hommes sur la musique.

Tes cheveux contiennent tout un rêve, plein de voilures et de mâtures, ils contiennent de grandes mers dont les moussons me portent vers de charmants climats, où l'espace est plus bleu et plus profond, où l'atmosphère est parfumée par les fruits, par les feuilles et par la peau humaine.

Dans l'océan de ta chevelure, j'entrevois un port fourmillant de chants mélancoliques, d'hommes vigoureux de toutes nations et de navires de toutes formes découpant leurs architectures fines et compliquées sur un ciel immense où se prélasse l'éternelle chaleur.

Dans les caresses de ta chevelure, je retrouve les langueurs des longues heures passées sur un divan, dans la chambre d'un beau navire, bercées par le roulis imperceptible du port, entre les pots de fleurs et les gargoulettes rafraîchissantes.

Dans l'ardent foyer de ta chevelure, je respire l'odeur du tabac mêlée à l'opium et au sucre; dans la nuit de ta chevelure, je vois resplendir l'infini de l'azur tropical; sur les rivages duvetés de ta chevelure, je m'enivre des odeurs combinées du goudron, du musc et de l'huile de coco.

Laisse-moi mordre longtemps tes tresses lourdes et noires. Quand je mordille tes cheveux élastiques et rebelles, il me semble que je mange des souvenirs.

L'INVITATION AU VOYAGE

IL est un pays superbe, un pays de Cocagne, dit-on, que je rêve de visiter avec une vieille amie. Pays singulier, noyé dans les brumes de notre Nord, et qu'on pourrait appeler l'Orient de l'Occident, la Chine de l'Europe, tant la chaude et capricieuse fantaisie s'y est donné carrière, tant elle l'a patiemment et opiniâtrement illustré de ses savantes et délicates végétations.

Un vrai pays de Cocagne, où tout est beau, riche, tranquille, honnête; où le luxe a plaisir à se mirer dans l'ordre; où la vie est grasse et douce à respirer; d'où le désordre, la turbulence et l'imprévu sont exclus; où le bonheur est marié au silence; où la cuisine elle-même est poétique, grasse et excitante à la fois; où tout vous ressemble, mon cher ange.

Tu connais cette maladie fiévreuse qui s'empare de nous dans les froides misères, cette nostalgie du pays qu'on ignore, cette angoisse de la curiosité? Il est une contrée qui te ressemble, où tout est beau, riche, tranquille et honnête, où la fantaisie a bâti et décoré une Chine occidentale, où la vie est douce à respirer, où le bonheur est marié au silence. C'est là qu'il faut aller vivre, c'est là qu'il faut aller mourir !

Oui, c'est là qu'il faut aller respirer, rêver et allonger les heures par l'infini des sensations. Un musicien a écrit l'*Invitation à la valse;* quel est celui qui composera l'*Invitation au voyage*, qu'on puisse offrir à la femme aimée, à la sœur d'élection ?

Oui, c'est dans cette atmosphère qu'il ferait bon vivre, — là-bas, où les heures plus lentes contiennent plus de pensées, où les horloges sonnent le bonheur avec une plus profonde et plus significative solennité.

Sur des panneaux luisants, ou sur des cuirs dorés et d'une richesse sombre, vivent discrètement des peintures béates, calmes et profondes, comme les âmes des artistes qui les créèrent. Les soleils couchants, qui colorent si richement la salle à manger ou le salon, sont tamisés par de belles étoffes ou par ces hautes fenêtres ouvragées que le plomb divise en nombreux compartiments. Les meubles sont vastes, curieux, bizarres, armés de serrures et de secrets comme des âmes raffinées. Les miroirs, les métaux, les étoffes, l'orfèvrerie et la faïence y jouent pour les yeux une symphonie muette et mystérieuse ; et de toutes choses, de tous les coins, des fissures des tiroirs et des plis des étoffes s'échappe un parfum singulier, un *revenez-y* de Sumatra, qui est comme l'âme de l'appartement.

Un vrai pays de Cocagne, te dis-je, où tout est riche, propre et luisant, comme une belle conscience, comme une magnifique batterie de cuisine, comme une splendide orfèvrerie, comme une bijouterie bariolée! Les trésors du monde y affluent, comme dans la maison d'un homme laborieux et qui a bien mérité du monde entier. Pays singulier, supérieur aux autres, comme l'Art l'est à la Nature, où celle-ci est réformée par le rêve, où elle est corrigée, embellie, refondue.

Qu'ils cherchent, qu'ils cherchent encore, qu'ils reculent sans cesse les limites de leur bonheur, ces alchimistes de l'horticulture! Qu'ils proposent des prix de soixante et de cent mille florins pour qui résoudra leurs ambitieux problèmes! Moi, j'ai trouvé ma *tulipe noire* et mon *dahlia bleu!*

Fleur incomparable, tulipe retrouvée, allégorique dahlia, c'est là, n'est-ce pas, dans ce beau pays si calme et si rêveur, qu'il faudrait aller vivre et fleurir? Ne serais-tu pas encadrée dans ton analogie, et ne pourrais-tu pas te mirer, pour parler comme les mystiques, dans ta propre *correspondance*?

Des rêves! toujours des rêves! et plus l'âme est ambitieuse et délicate, plus les rêves l'éloignent du possible. Chaque homme porte en lui sa dose d'opium naturel, incessamment sécrétée et renouvelée, et, de la naissance à la mort, combien comptons-nous d'heures remplies par la jouissance positive, par l'action réussie et décidée? Vivrons-nous jamais, passerons-nous jamais dans ce tableau qu'a peint mon esprit, ce tableau qui te ressemble?

Ces trésors, ces meubles, ce luxe, cet ordre, ces parfums, ces fleurs miraculeuses, c'est toi. C'est encore toi, ces grands fleuves et ces canaux tranquilles. Ces énormes navires qu'ils charrient, tout chargés de richesses, et d'où montent les chants monotones de la manœuvre, ce sont mes pensées qui dorment ou qui roulent sur ton sein. Tu les conduis doucement vers la mer qui est l'Infini, tout en réfléchissant les profondeurs du ciel dans la limpidité de ta belle âme; — et quand, fatigués par la houle et gorgés des produits de l'Orient, ils rentrent au port natal, ce sont encore mes pensées enrichies qui reviennent de l'Infini vers toi.

LE JOUJOU DU PAUVRE

Je veux donner l'idée d'un divertissement innocent. Il y a si peu d'amusements qui ne soient pas
coupables! Quand vous sortirez le matin avec l'intention décidée de flâner sur les grandes routes,
remplissez vos poches de petites inventions à un
sol, — telles que le polichinelle plat mû par un
seul fil, les forgerons qui battent l'enclume, le cavalier et son cheval dont la queue est un sifflet, —
et le long des cabarets, au pied des arbres, faites-
en hommage aux enfants inconnus et pauvres que
vous rencontrerez. Vous verrez leurs yeux s'agran-
dir démesurément. D'abord ils n'oseront pas
prendre; ils douteront de leur bonheur. Puis leurs
mains agripperont vivement le cadeau, et ils s'en-
fuiront comme font les chats qui vont manger loin
de vous le morceau que vous leur avez donné,
ayant appris à se défier de l'homme.

Sur une route, derrière la grille d'un vaste jardin, au bout duquel apparaissait la blancheur d'un joli château frappé par le soleil, se tenait un enfant beau et frais, habillé de ces vêtements de campagne si pleins de coquetterie.

Le luxe, l'insouciance et le spectacle habituel de la richesse rendent ces enfants-là si jolis, qu'on les croirait faits d'une autre pâte que les enfants de la médiocrité ou de la pauvreté.

A côté de lui, gisait sur l'herbe un joujou splendide, aussi frais que son maître, verni, doré, vêtu d'une robe pourpre, et couvert de plumets et de verroteries. Mais l'enfant ne s'occupait pas de son joujou préféré, et voici ce qu'il regardait :

De l'autre côté de la grille, sur la route, entre les chardons et les orties, il y avait un autre enfant, sale, chétif, fuligineux, un de ces marmots-parias dont un œil impartial découvrirait la beauté, si, comme l'œil du connaisseur devine une peinture idéale sous un vernis de carrossier, il le nettoyait de la répugnante patine de la misère.

A travers ces barreaux symboliques séparant deux mondes, la grande route et le château, l'enfant pauvre montrait à l'enfant riche son propre joujou, que celui-ci examinait avidement comme un objet rare et inconnu. Or, ce joujou, que le petit souillon agaçait, agitait et secouait dans une boîte grillée, c'était un rat vivant! Les parents, par économie sans doute, avaient tiré le joujou de la vie elle-même.

Et les deux enfants se riaient l'un à l'autre fraternellement, avec des dents d'une *égale* blancheur.

LES DONS DES FÉES

C'ÉTAIT grande assemblée des Fées, pour procéder à la répartition des dons parmi tous les nouveau-nés, arrivés à la vie depuis vingt-quatre heures.

Toutes ces antiques et capricieuses Sœurs du Destin, toutes ces Mères bizarres de la joie et de la douleur, étaient fort diverses : les unes avaient l'air sombre et rechigné, les autres, un air folâtre et malin; les unes, jeunes, qui avaient toujours été jeunes; les autres, vieilles, qui avaient toujours été vieilles.

Tous les pères qui ont foi dans les Fées étaient venus, chacun apportant son nouveau-né dans ses bras.

Les Dons, les Facultés, les bons Hasards, les Circonstances invincibles, étaient accumulés à côté du tribunal, comme les prix sur l'estrade, dans une distribution de prix. Ce qu'il y avait ici de particulier, c'est que les Dons n'étaient pas la récompense d'un effort, mais tout au contraire une grâce accordée à celui qui n'avait pas encore vécu, une grâce pouvant déterminer sa destinée et devenir aussi bien la source de son malheur que de son bonheur.

Les pauvres Fées étaient très-affairées; car la foule des solliciteurs était grande, et le monde intermédiaire, placé entre l'homme et Dieu, est soumis comme nous à la terrible loi du Temps et de son infinie postérité, les Jours, les Heures, les Minutes, les Secondes.

En vérité, elles étaient aussi ahuries que des ministres un jour d'audience, ou des employés du Mont-de-Piété quand une fête nationale autorise les dégagements gratuits. Je crois même qu'elles regardaient de temps à autre l'aiguille de l'horloge avec autant d'impatience que des juges humains qui, siégeant depuis le matin, ne peuvent s'empêcher de rêver au dîner, à la famille et à leurs chères pantoufles. Si, dans la justice surnaturelle, il y a un peu de précipitation et de hasard, ne nous étonnons pas qu'il en soit de même quelquefois dans la justice humaine. Nous serions nous-mêmes, en ce cas, des juges injustes.

Aussi furent commises ce jour-là quelques bourdes qu'on pourrait considérer comme bizarres, si la prudence, plutôt que le caprice, était le caractère distinctif, éternel des Fées.

Ainsi la puissance d'attirer magnétiquement la fortune fut adjugée à l'héritier unique d'une famille très-riche, qui, n'étant doué d'aucun sens de charité, non plus que d'aucune convoitise pour les biens les plus visibles de la vie, devait se trouver plus tard prodigieusement embarrassé de ses millions.

Ainsi furent donnés l'amour du Beau et la Puissance poétique au fils d'un sombre gueux, carrier de son état, qui ne pouvait, en aucune façon, aider les facultés, ni soulager les besoins de sa déplorable progéniture.

J'ai oublié de vous dire que la distribution, en ces cas solennels, est sans appel, et qu'aucun don ne peut être refusé.

Toutes les Fées se levaient, croyant leur corvée accomplie; car il ne restait plus aucun cadeau, aucune largesse à jeter à tout ce fretin humain, quand un brave homme, un pauvre petit commerçant, je crois, se leva, et empoignant par sa robe de vapeurs multicolores la Fée qui était le plus à sa portée, s'écria :

« Eh! Madame! vous nous oubliez! il y a encore mon petit! Je ne veux pas être venu pour rien. »

La Fée pouvait être embarrassée; car il ne restait plus *rien*. Cependant elle se souvint à temps d'une loi bien connue, quoique rarement appliquée, dans le monde surnaturel, habité par ces déités impalpables, amies de l'homme, et souvent contraintes de s'adapter à ses passions, telles que les Fées, les Gnomes, les Salamandres, les Sylphides, les Sylphes, les Nixes, les Ondins et les Ondines, — je veux parler de la loi qui concède aux Fées, dans un cas semblable à celui-ci, c'est-à-dire le cas d'épuisement des lots, la faculté d'en donner encore un, supplémentaire et exceptionnel, pourvu toutefois qu'elle ait l'imagination suffisante pour le créer immédiatement.

Donc la bonne Fée répondit, avec un aplomb digne de son rang : « Je donne à ton fils... Je lui donne... le *Don de plaire!* »

« Mais plaire comment? plaire...? plaire pourquoi? » demanda opiniâtrement le petit boutiquier, qui était sans doute un de ces raisonneurs si communs, incapables de s'élever jusqu'à la logique de l'Absurde.

« Parce que! parce que! » répliqua la Fée courroucée, en lui tournant le dos; et rejoignant le cortège de ses compagnes, elle leur disait : « Comment trouvez-vous ce petit Français vaniteux, qui veut tout comprendre, et qui ayant obtenu pour son fils le meilleur des lots, ose encore interroger et discuter l'indiscutable? »

XXI

LES TENTATIONS
OU ÉROS, PLUTUS ET LA GLOIRE

Deux superbes Satans et une Diablesse, non moins
extraordinaire, ont la nuit dernière monté l'escalier mystérieux par où l'Enfer donne assaut à la
faiblesse de l'homme qui dort, et communique en
secret avec lui. Et ils sont venus se poser glorieusement devant moi, debout comme sur une estrade.
Une splendeur sulfureuse émanait de ces trois personnages, qui se détachaient ainsi du fond opaque
de la nuit. Ils avaient l'air si fier et si plein de
domination, que je les pris d'abord tous les trois
pour de vrais Dieux.

Le visage du premier Satan était d'un sexe
ambigu, et il y avait aussi, dans les lignes de son
corps, la mollesse des anciens Bacchus. Ses beaux
yeux languissants, d'une couleur ténébreuse et
indécise, ressemblaient à des violettes chargées
encore des lourds pleurs de l'orage, et ses lèvres
entrouvertes à des cassolettes chaudes, d'où s'exha-

lait la bonne odeur d'une parfumerie; et à chaque
fois qu'il soupirait, des insectes musqués s'illu-
minaient, en voletant, aux ardeurs de son
souffle.

Autour de sa tunique de pourpre était roulé, en
manière de ceinture, un serpent chatoyant qui, la
tête relevée, tournait langoureusement vers lui ses
yeux de braise. A cette ceinture vivante étaient
suspendus, alternant avec des fioles pleines de
liqueurs sinistres, de brillants couteaux et des instruments de chirurgie. Dans sa main droite il
tenait une autre fiole dont le contenu était d'un
rouge lumineux, et qui portait pour étiquette ces
mots bizarres : « Buvez, ceci est mon sang, un
parfait cordial »; dans la gauche, un violon qui
lui servait sans doute à chanter ses plaisirs et ses
douleurs, et à répandre la contagion de sa folie
dans les nuits de sabbat.

A ses chevilles délicates traînaient quelques
anneaux d'une chaîne d'or rompue, et quand la
gêne qui en résultait le forçait à baisser les yeux
vers la terre, il contemplait vaniteusement les
ongles de ses pieds, brillants et polis comme des
pierres bien travaillées.

Il me regarda avec ses yeux inconsolablement
navrés, d'où s'écoulait une insidieuse ivresse, et il
me dit d'une voix chantante : « Si tu veux, si tu
veux, je te ferai le seigneur des âmes, et tu seras
le maître de la matière vivante, plus encore que le

sculpteur peut l'être de l'argile; et tu connaîtras le plaisir, sans cesse renaissant, de sortir de toi-même pour t'oublier dans autrui, et d'attirer les autres âmes jusqu'à les confondre avec la tienne. »

Et je lui répondis : « Grand merci! je n'ai que faire de cette pacotille d'êtres qui, sans doute, ne valent pas mieux que mon pauvre moi. Bien que j'aie quelque honte à me souvenir, je ne veux rien oublier; et quand même je ne te connaîtrais pas, vieux monstre, ta mystérieuse coutellerie, tes fioles équivoques, les chaînes dont tes pieds sont empêtrés, sont des symboles qui expliquent assez clairement les inconvénients de ton amitié. Garde tes présents. »

Le second Satan n'avait ni cet air à la fois tragique et souriant, ni ces belles manières insinuantes, ni cette beauté délicate et parfumée. C'était un homme vaste, à gros visage sans yeux, dont la lourde bedaine surplombait les cuisses, et dont toute la peau était dorée et illustrée, comme d'un tatouage, d'une foule de petites figures mouvantes représentant les formes nombreuses de la misère universelle. Il y avait de petits hommes efflanqués qui se suspendaient volontairement à un clou; il y avait de petits gnomes difformes, maigres, dont les yeux suppliants réclamaient l'aumône mieux encore que leurs mains tremblantes; et puis de vieilles mères portant des avortons accrochés à leurs mamelles exténuées. Il y en avait encore bien d'autres.

Le gros Satan tapait avec son poing sur son immense ventre, d'où sortait alors un long et retentissant cliquetis de métal, qui se terminait en un vague gémissement fait de nombreuses voix humaines. Et il riait, en montrant impudemment ses dents gâtées, d'un énorme rire imbécile, comme certains hommes de tous les pays quand ils ont trop bien dîné.

Et celui-là me dit : « Je puis te donner ce qui obtient tout, ce qui vaut tout, ce qui remplace tout ! » Et il tapa sur son ventre monstrueux, dont l'écho sonore fit le commentaire de sa grossière parole.

Je me détournai avec dégoût et je répondis : « Je n'ai besoin, pour ma jouissance, de la misère de personne ; et je ne veux pas d'une richesse attristée, comme un papier de tenture, de tous les malheurs représentés sur ta peau. »

Quant à la Diablesse, je mentirais si je n'avouais pas qu'à première vue je lui trouvai un bizarre charme. Pour définir ce charme, je ne saurais le comparer à rien de mieux qu'à celui des très-belles femmes sur le retour, qui cependant ne vieillissent plus, et dont la beauté garde la magie pénétrante des ruines. Elle avait l'air à la fois impérieux et dégingandé, et ses yeux, quoique battus, contenaient une force fascinatrice. Ce qui me frappa le plus, ce fut le mystère de sa voix, dans laquelle je retrouvais le souvenir des *contralti* les plus délicieux et aussi un peu de l'enrouement des gosiers incessamment lavés par l'eau-de-vie.

« Veux-tu connaître ma puissance? » dit la fausse déesse avec sa voix charmante et paradoxale. « Écoute. »

Et elle emboucha alors une gigantesque trompette, enrubannée, comme un mirliton, des titres de tous les journaux de l'univers, et à travers cette trompette elle cria mon nom, qui roula ainsi à travers l'espace avec le bruit de cent mille tonnerres, et me revint répercuté par l'écho de la plus lointaine planète.

« Diable! » fis-je, à moitié subjugué, « voilà qui est précieux! » Mais en examinant plus attentivement la séduisante virago, il me sembla vaguement que je la reconnaissais pour l'avoir vue trinquant avec quelques drôles de ma connaissance; et le son rauque du cuivre apporta à mes oreilles je ne sais quel souvenir d'une trompette prostituée.

Aussi je répondis, avec tout mon dédain : « Vat'en! Je ne suis pas fait pour épouser la maîtresse de certains que je ne veux pas nommer. »

Certes, d'une si courageuse abnégation j'avais le droit d'être fier. Mais malheureusement je me réveillai, et toute ma force m'abandonna. « En vérité, me dis-je, il fallait que je fusse bien lourde-

ment assoupi pour montrer de tels scrupules. Ah!
s'ils pouvaient revenir pendant que je suis éveillé,
je ne ferais pas tant le délicat! »

Et je les invoquai à haute voix, les suppliant de
me pardonner, leur offrant de me déshonorer
aussi souvent qu'il le faudrait pour mériter leurs
faveurs; mais je les avais sans doute fortement
offensés, car ils ne sont jamais revenus.

LE CRÉPUSCULE DU SOIR

Le jour tombe. Un grand apaisement se fait dans les pauvres esprits fatigués du labeur de la journée ; et leurs pensées prennent maintenant les couleurs tendres et indécises du crépuscule.

Cependant du haut de la montagne arrive à mon balcon, à travers les nues transparentes du soir, un grand hurlement, composé d'une foule de cris discordants, que l'espace transforme en une lugubre harmonie, comme celle de la marée qui monte ou d'une tempête qui s'éveille.

Quels sont les infortunés que le soir ne calme pas, et qui prennent, comme les hiboux, la venue de la nuit pour un signal de sabbat ? Cette sinistre ululation nous arrive du noir hospice perché sur la montagne ; et, le soir, en fumant et en contemplant le repos de l'immense vallée, hérissée de maisons dont chaque fenêtre dit : « C'est ici la paix maintenant ; c'est ici la joie de la famille ! » je puis, quand le vent souffle de là-haut, bercer ma pensée étonnée à cette imitation des harmonies de l'enfer.

Le crépuscule excite les fous. — Je me souviens que j'ai eu deux amis que le crépuscule rendait tout malades. L'un méconnaissait alors tous les rapports d'amitié et de politesse, et maltraitait, comme un sauvage, le premier venu. Je l'ai vu jeter à la tête d'un maître d'hôtel un excellent poulet, dans lequel il croyait voir je ne sais quel insultant hiéroglyphe. Le soir, précurseur des voluptés profondes, lui gâtait les choses les plus succulentes.

L'autre, un ambitieux blessé, devenait, à mesure que le jour baissait, plus aigre, plus sombre, plus taquin. Indulgent et sociable encore pendant la journée, il était impitoyable le soir ; et ce n'était pas seulement sur autrui, mais aussi sur lui-même, que s'exerçait rageusement sa manie crépusculeuse.

Le premier est mort fou, incapable de reconnaître sa femme et son enfant ; le second porte en lui l'inquiétude d'un malaise perpétuel, et fût-il gratifié de tous les honneurs que peuvent conférer les républiques et les princes, je crois que le crépuscule allumerait encore en lui la brûlante envie de distinctions imaginaires. La nuit, qui mettait ses ténèbres dans leur esprit, fait la lumière dans le mien ; et, bien qu'il ne soit pas rare de voir la même cause engendrer deux effets contraires, j'en suis toujours comme intrigué et alarmé.

O nuit! ô rafraîchissantes ténèbres! vous êtes
pour moi le signal d'une fête intérieure, vous êtes
la délivrance d'une angoisse! Dans la solitude des
plaines, dans les labyrinthes pierreux d'une capitale, scintillement des étoiles, explosion des lanternes, vous êtes le feu d'artifice de la déesse
Liberté.

Crépuscule, comme vous êtes doux et tendre!
Les lueurs roses qui traînent encore à l'horizon
comme l'agonie du jour sous l'oppression victorieuse de sa nuit, les feux des candélabres qui font
des taches d'un rouge opaque sur les dernières
gloires du couchant, les lourdes draperies qu'une
main invisible attire des profondeurs de l'Orient,
imitent tous les sentiments compliqués qui luttent
dans le cœur de l'homme aux heures solennelles
de la vie.

On dirait encore une de ces robes étranges de
danseuses, où une gaze transparente et sombre
laisse entrevoir les splendeurs amorties d'une jupe
éclatante, comme sous le noir présent transperce
le délicieux passé; et les étoiles vacillantes d'or et
d'argent, dont elle est semée, représentent ces
feux de la fantaisie qui ne s'allument bien que sous
le deuil profond de la Nuit.

LA SOLITUDE

Un gazetier philanthrope me dit que la solitude
est mauvaise pour l'homme; et à l'appui de sa
thèse il cite, comme tous les incrédules, des paroles
des Pères de l'Église.

Je sais que le Démon fréquente volontiers les
lieux arides, et que l'Esprit de meurtre et de lubricité s'enflamme merveilleusement dans les solitudes. Mais il serait possible que cette solitude ne
fût dangereuse que pour l'âme oisive et divagante
qui la peuple de ses passions et de ses chimères.

Il est certain qu'un bavard, dont le suprême
plaisir consiste à parler du haut d'une chaire ou
d'une tribune, risquerait fort de devenir fou
furieux dans l'île de Robinson. Je n'exige pas de
mon gazetier les courageuses vertus de Crusoé,
mais je demande qu'il ne décrète pas d'accusation
les amoureux de la solitude et du mystère.

Il y a dans nos races jacassières des individus
qui accepteraient avec moins de répugnance le

supplice suprême, s'il leur était permis de faire du
haut de l'échafaud une copieuse harangue, sans
craindre que les tambours de Santerre ne leur cou-
passent intempestivement la parole.

Je ne les plains pas, parce que je devine que
leurs effusions oratoires leur procurent des voluptés égales à celles que d'autres tirent du silence et
du recueillement ; mais je les méprise.

Je désire surtout que mon maudit gazetier me
laisse m'amuser à ma guise. « Vous n'éprouvez
donc jamais, — me dit-il, avec un ton de nez très-
apostolique, — le besoin de partager vos jouissances ? » Voyez-vous le subtil envieux ! Il sait que
je dédaigne les siennes, et il vient s'insinuer dans
les miennes, le hideux trouble-fête !

« Ce grand malheur de ne pouvoir être seul !... »
dit quelque part La Bruyère, comme pour faire
honte à tous ceux qui courent s'oublier dans la
foule, craignant sans doute de ne pouvoir se sup-
porter eux-mêmes.

« Presque tous nos malheurs nous viennent de
n'avoir pas su rester dans notre chambre », dit un
autre sage, Pascal, je crois, rappelant ainsi dans la
cellule du recueillement tous ces affolés qui cherchent le bonheur dans le mouvement et dans une
prostitution que je pourrais appeler *fraternitaire*,
si je voulais parler la belle langue de mon siècle.

XXIV

LES PROJETS

Il se disait, en se promenant dans un grand parc solitaire : « Comme elle serait belle dans un costume de cour, compliqué et fastueux, descendant, à travers l'atmosphère d'un beau soir, les degrés de marbre d'un palais, en face des grandes pelouses et des bassins! Car elle a naturellement l'air d'une princesse. »

En passant plus tard dans une rue, il s'arrêta devant une boutique de gravures, et, trouvant dans un carton une estampe représentant un paysage tropical, il se dit : « Non! ce n'est pas dans un palais que je voudrais posséder sa chère vie. Nous n'y serions pas *chez nous*. D'ailleurs ces murs criblés d'or ne laisseraient pas une place pour accrocher son image; dans ces solennelles galeries, il n'y a pas un coin pour l'intimité. Décidément, c'est *là* qu'il faudrait demeurer pour cultiver le rêve de ma vie. »

Et, tout en analysant des yeux les détails de la

gravure, il continuait mentalement : « Au bord
de la mer, une belle case en bois, enveloppée de
tous ces arbres bizarres et luisants dont j'ai oublié
les noms..., dans l'atmosphère, une odeur enivrante, indéfinissable..., dans la case un puissant
parfum de rose et de musc..., plus loin, derrière
notre petit domaine, des bouts de mâts balancés
par la houle..., autour de nous, au-delà de la
chambre éclairée d'une lumière rose tamisée par
les stores, décorée de nattes fraîches et de fleurs
capiteuses, avec de rares sièges d'un rococo por-
tuguais, d'un bois lourd et ténébreux (où elle
reposerait si calme, si bien éventée, fumant le
tabac légèrement opiacé!), au-delà de la varangue,
le tapage des oiseaux ivres de lumières, et le jacassement des petites négresses..., et, la nuit, pour
servir d'accompagnement à mes songes, le chant
plaintif des arbres à musique, des mélancoliques
filaos! Oui, en vérité, c'est bien *là* le décor que je
cherchais. Qu'ai-je à faire de palais? »

Et plus loin, comme il suivait une grande ave-
nue, il aperçut une auberge proprette, où d'une
fenêtre égayée par des rideaux d'indienne bariolée
se penchaient deux têtes rieuses. Et tout de suite :
« Il faut, — se dit-il, — que ma pensée soit une
grande vagabonde pour aller chercher si loin ce
qui est si près de moi. Le plaisir et le bonheur sont
dans la première auberge venue, dans l'auberge
du hasard, si féconde en voluptés. Un grand feu,

des faïences voyantes, un souper passable, un vin
rude, et un lit très-large avec des draps un peu
âpres, mais frais; quoi de mieux? »

Et en rentrant seul chez lui, à cette heure où les
conseils de la Sagesse ne sont plus étouffés par les
bourdonnements de la vie extérieure, il se dit :
« J'ai eu aujourd'hui, en rêve, trois domiciles où
j'ai trouvé un égal plaisir. Pourquoi contraindre
mon corps à changer de place, puisque mon âme
voyage si lestement? Et à quoi bon exécuter des
projets, puisque le projet est en lui-même une
jouissance suffisante? »

LA BELLE DOROTHÉE

L<small>E</small> soleil accable la ville de sa lumière droite et terrible; le sable est éblouissant et la mer miroite. Le monde stupéfié s'affaisse lâchement et fait la sieste, une sieste qui est une espèce de mort savoureuse où le dormeur, à demi éveillé, goûte les voluptés de son anéantissement.

Cependant Dorothée, forte et fière comme le soleil, s'avance dans la rue déserte, seule vivante à cette heure sous l'immense azur, et faisant sur la lumière une tache éclatante et noire.

Elle s'avance, balançant mollement son torse si mince sur ses hanches si larges. Sa robe de soie collante, d'un ton clair et rose, tranche vivement sur les ténèbres de sa peau et moule exactement sa taille longue, son dos creux et sa gorge pointue.

Son ombrelle rouge, tamisant la lumière, projette sur son visage sombre le fard sanglant de ses reflets.

Le poids de son énorme chevelure presque bleue

tire en arrière sa tête délicate et lui donne un air triomphant et paresseux. De lourdes pendeloques gazouillent secrètement à ses mignonnes oreilles.

De temps en temps la brise de mer soulève par le coin sa jupe flottante et montre sa jambe luisante et superbe; et son pied, pareil aux pieds des déesses de marbre que l'Europe enferme dans ses musées, imprime fidèlement sa forme sur le sable fin. Car Dorothée est si prodigieusement coquette que le plaisir d'être admirée l'emporte chez elle sur l'orgueil de l'affranchie, et, bien qu'elle soit libre, elle marche sans souliers.

Elle s'avance ainsi, harmonieusement, heureuse de vivre et souriant d'un blanc sourire, comme si elle apercevait au loin dans l'espace un miroir reflétant sa démarche et sa beauté.

A l'heure où les chiens eux-mêmes gémissent de douleur sous le soleil qui les mord, quel puissant motif fait donc aller ainsi la paresseuse Dorothée, belle et froide comme le bronze?

Pourquoi a-t-elle quitté sa petite case si coquettement arrangée, dont les fleurs et les nattes font à si peu de frais un parfait boudoir; où elle prend tant de plaisir à se peigner, à fumer, à se faire éventer ou à se regarder dans le miroir de ses grands éventails de plumes, pendant que la mer, qui bat la plage à cent pas de là, fait à ses rêveries indécises un puissant et monotone accompagnement, et que la marmite de fer, où cuit un ragoût

de crabes au riz et au safran, lui envoie, du fond
de la cour, ses parfums excitants?

Peut-être a-t-elle un rendez-vous avec quelque
jeune officier qui, sur des plages lointaines, a
entendu parler par ses camarades de la célèbre
Dorothée. Infailliblement elle le priera, la simple
créature, de lui décrire le bal de l'Opéra, et lui
demandera si on peut y aller pieds nus, comme
aux danses du dimanche, où les vieilles Cafrines
elles-mêmes deviennent ivres et furieuses de joie;
et puis encore si les belles dames de Paris sont
toutes plus belles qu'elle.

Dorothée est admirée et choyée de tous, et elle
serait parfaitement heureuse si elle n'était obligée
d'entasser piastre sur piastre pour racheter sa
petite sœur qui a bien onze ans, et qui est déjà
mûre, et si belle. Elle réussira sans doute, la bonne
Dorothée; le maître de l'enfant est si avare, trop
avare, pour comprendre une autre beauté que
celle des écus!

LES YEUX DES PAUVRES

Ah! vous voulez savoir pourquoi je vous hais aujourd'hui. Il vous sera sans doute moins facile de le comprendre qu'à moi de vous l'expliquer; car vous êtes, je crois, le plus bel exemple d'imperméabilité féminine qui se puisse rencontrer.

Nous avions passé ensemble une longue journée qui m'avait paru courte. Nous nous étions bien promis que toutes nos pensées nous seraient communes à l'un et à l'autre, et que nos deux âmes désormais n'en feraient plus qu'une; — un rêve qui n'a rien d'original, après tout, si ce n'est que, rêvé par tous les hommes, il n'a été réalisé par aucun.

Le soir, un peu fatiguée, vous voulûtes vous asseoir devant un café neuf qui formait le coin d'un boulevard neuf, encore tout plein de gravois et montrant déjà glorieusement ses splendeurs inachevées. Le café étincelait. Le gaz lui-même y déployait toute l'ardeur d'un début, et éclairait

de toutes ses forces les murs aveuglants de blancheur, les nappes éblouissantes des miroirs, les ors
des baguettes et des corniches, les pages aux joues
rebondies traînées par les chiens en laisse, les
dames riant au faucon perché sur leur poing, les
nymphes et les déesses portant sur leur tête des
fruits, des pâtés et du gibier, les Hébés et les
Ganymèdes présentant à bras tendu la petite
amphore à bavaroises ou l'obélisque bicolore des
glaces panachées; toute l'histoire et toute la
mythologie mises au service de la goinfrerie.

Droit devant nous, sur la chaussée, était planté
un brave homme d'une quarantaine d'années, au
visage fatigué, à la barbe grisonnante, tenant d'une
main un petit garçon et portant sur l'autre bras un
petit être trop faible pour marcher. Il remplissait
l'office de bonne et faisait prendre à ses enfants
l'air du soir. Tous en guenilles. Ces trois visages
étaient extraordinairement sérieux, et ces six yeux
contemplaient fixement le café nouveau avec une
admiration égale, mais nuancée diversement par
l'âge.

Les yeux du père disaient : « Que c'est beau!
que c'est beau! on dirait que tout l'or du pauvre
monde est venu se porter sur ces murs. » — Les
yeux du petit garçon : « Que c'est beau! que c'est
beau! mais c'est une maison où peuvent seuls
entrer les gens qui ne sont pas comme nous. » —
Quant aux yeux du plus petit, ils étaient trop

fascinés pour exprimer autre chose qu'une joie
stupide et profonde.

Les chansonniers disent que le plaisir rend l'âme
bonne et amollit le cœur. La chanson avait raison
ce soir-là, relativement à moi. Non-seulement
j'étais attendri par cette famille d'yeux, mais je me
sentais un peu honteux de nos verres et de nos
carafes, plus grands que notre soif. Je tournais mes
regards vers les vôtres, cher amour, pour y lire
ma pensée; je plongeais dans vos yeux si beaux
et si bizarrement doux, dans vos yeux verts, habités
par le Caprice et inspirés par la Lune, quand vous
me dîtes : « Ces gens-là me sont insupportables
avec les yeux ouverts comme des portes cochères!
Ne pourriez-vous pas prier le maître du café de les
éloigner d'ici? »

Tant il est difficile de s'entendre, mon cher ange,
et tant la pensée est incommunicable, même entre
gens qui s'aiment!

UNE MORT HÉROÏQUE

Fancioulle était un admirable bouffon, et presque un des amis du Prince. Mais pour les personnes vouées par état au comique, les choses sérieuses ont de fatales attractions, et, bien qu'il puisse paraître bizarre que les idées de patrie et de liberté s'emparent despotiquement du cerveau d'un histrion, un jour Fancioulle entra dans une conspiration formée par quelques gentilshommes mécontents.

Il existe partout des hommes de bien pour dénoncer au pouvoir ces individus d'humeur atrabilaire qui veulent déposer les princes et opérer, sans la consulter, le déménagement d'une société. Les seigneurs en question furent arrêtés, ainsi que Fancioulle, et voués à une mort certaine.

Je croirais volontiers que le Prince fut presque fâché de trouver son comédien favori parmi les rebelles. Le Prince n'était ni meilleur ni pire qu'un autre; mais une excessive sensibilité le rendait, en beaucoup de cas, plus cruel et plus despote que tous ses pareils. Amoureux passionné des beaux-arts, excellent connaisseur d'ailleurs, il était vraiment insatiable de voluptés. Assez indifférent relativement aux hommes et à la morale, véritable artiste lui-même, il ne connaissait d'ennemi dangereux que l'Ennui, et les efforts bizarres qu'il faisait pour fuir ou pour vaincre ce tyran du monde lui auraient certainement attiré, de la part d'un historien sévère, l'épithète de « monstre », s'il avait été permis, dans ses domaines, d'écrire quoi que ce fût qui ne tendît pas uniquement au plaisir ou à l'étonnement, qui est une des formes les plus délicates du plaisir. Le grand malheur de ce Prince fut qu'il n'eut jamais un théâtre assez vaste pour son génie. Il y a de jeunes Nérons qui étouffent dans des limites trop étroites, et dont les siècles à venir ignoreront toujours le nom et la bonne volonté. L'imprévoyante Providence avait donné à celui-ci des facultés plus grandes que ses États.

Tout d'un coup le bruit courut que le souverain voulait faire grâce à tous les conjurés; et l'origine de ce bruit fut l'annonce d'un grand spectacle où Fancioulle devait jouer l'un de ses principaux et de ses meilleurs rôles, et auquel assisteraient même, disait-on, les gentilshommes condamnés; signe évident, ajoutaient les esprits superficiels, des tendances généreuses du Prince offensé.

De la part d'un homme aussi naturellement et volontairement excentrique, tout était possible, même la vertu, même la clémence, surtout s'il avait pu espérer y trouver des plaisirs inattendus. Mais pour ceux qui, comme moi, avaient pu pénétrer plus avant dans les profondeurs de cette âme curieuse et malade, il était infiniment plus probable que le Prince voulait juger de la valeur des talents scéniques d'un homme condamné à mort. Il voulait profiter de l'occasion pour faire une expérience physiologique d'un intérêt *capital*, et vérifier jusqu'à quel point les facultés habituelles d'un artiste pouvaient être altérées ou modifiées par la situation extraordinaire où il se trouvait; au-delà, existait-il dans son âme une intention plus ou moins arrêtée de clémence? C'est un point qui n'a jamais pu être éclairci.

Enfin, le grand jour arrivé, cette petite cour déploya toutes ses pompes, et il serait difficile de concevoir, à moins de l'avoir vu, toute ce que la classe privilégiée d'un petit État, à ressources restreintes, peut montrer de splendeurs pour une vraie solennité. Celle-là était doublement vraie, d'abord par la magie du luxe étalé, ensuite par l'intérêt moral et mystérieux qui y était attaché.

Le sieur Fancioulle excellait surtout dans les rôles muets ou peu chargés de paroles, qui sont souvent les principaux dans ces drames féeriques

dont l'objet est de représenter symboliquement le
mystère de la vie. Il entra en scène légèrement et
avec une aisance parfaite, ce qui contribua à
fortifier, dans le noble public, l'idée de douceur
et de pardon.

Quand on dit d'un comédien : « Voilà un bon
comédien », on se sert d'une formule qui implique
que sous le personnage se laisse encore deviner le
comédien, c'est-à-dire l'art, l'effort, la volonté. Or,
si un comédien arrivait à être, relativement au
personnage qu'il est chargé d'exprimer, ce que les
meilleures statues de l'antiquité, miraculeusement
animées, vivantes, marchantes, voyantes, seraient
relativement à l'idée générale et confuse de beauté,
ce serait là, sans doute, un cas singulier et tout à
fait imprévu. Fancioulle fut, ce soir-là, une parfaite idéalisation, qu'il était impossible de ne pas
supposer vivante, possible, réelle. Ce bouffon allait,
venait, riait, pleurait, se convulsait, avec une indestructible auréole autour de la tête, auréole invisible pour tous, mais visible pour moi, et où se
mêlaient, dans un étrange amalgame, les rayons
de l'Art et la gloire du Martyre, Fancioulle intro-
duisait, par je ne sais quelle grâce spéciale, le divin
et le surnaturel, jusque dans les plus extravagantes
bouffonneries. Ma plume tremble et des larmes
d'une émotion toujours présente me montent aux
yeux pendant que je cherche à vous décrire cette
inoubliable soirée. Fancioulle me prouvait, d'une

manière péremptoire, irréfutable, que l'ivresse de l'Art est plus apte que toute autre à voiler les terreurs du gouffre; que le génie peut jouer la comédie au bord de la tombe avec une joie qui l'empêche de voir la tombe, perdu, comme il est, dans un paradis excluant toute idée de tombe et de destruction.

Tout ce public, si blasé et frivole qu'il pût être, subit bientôt la toute-puissante domination de l'artiste. Personne ne rêva plus de mort, de deuil, ni de supplices. Chacun s'abandonna, sans inquiétude, aux voluptés multipliées que donne la vue d'un chef-d'œuvre d'art vivant. Les explosions de la joie et de l'admiration ébranlèrent à plusieurs reprises les voûtes de l'édifice avec l'énergie d'un tonnerre continu. Le Prince lui-même, enivré, mêla ses applaudissements à ceux de sa cour.

Cependant, pour un œil clairvoyant, son ivresse, à lui, n'était pas sans mélange. Se sentait-il vaincu dans son pouvoir de despote? humilié dans son art de terrifier les cœurs et d'engourdir les esprits? frustré de ses espérances et bafoué dans ses prévisions? De telles suppositions non exactement justifiées, mais non absolument injustifiables, traversèrent mon esprit pendant que je contemplais le visage du Prince, sur lequel une pâleur nouvelle s'ajoutait sans cesse à sa pâleur habituelle, comme la neige s'ajoute à la neige. Ses lèvres se resserraient de plus en plus, et ses yeux s'éclairaient d'un feu intérieur semblable à celui de la jalousie et de la rancune, même pendant qu'il applaudissait ostensiblement les talents de son vieil ami, l'étrange bouffon, qui bouffonnait si bien la mort. A un certain moment, je vis Son Altesse se pencher vers un petit page, placé derrière elle, et lui parler à l'oreille. La physionomie espiègle du joli enfant s'illumina d'un sourire; et puis il quitta vivement la loge princière, comme pour s'acquitter d'une commission urgente.

Quelques minutes plus tard un coup de sifflet aigu, prolongé, interrompit Fancioulle dans un de ses meilleurs moments, et déchira à la fois les oreilles et les cœurs. Et de l'endroit de la salle d'où avait jailli cette désapprobation inattendue, un enfant se précipitait dans un corridor, avec des rires étouffés.

Fancioulle, secoué, réveillé dans son rêve, ferma d'abord les yeux, puis les rouvrit presque aussitôt, démesurément agrandis, ouvrit ensuite la bouche comme pour respirer convulsivement, chancela un peu en avant, un peu en arrière, et puis tomba roide mort sur les planches.

Le sifflet, rapide comme un glaive, avait-il réellement frustré le bourreau? Le Prince avait-il lui-même deviné toute l'homicide efficacité de sa ruse? Il est permis d'en douter. Regretta-t-il son cher et inimitable Fancioulle? Il est doux et légitime de le croire.

Les gentilshommes coupables avaient joui pour la dernière fois du spectacle de la comédie. Dans la même nuit ils furent effacés de la vie.

Depuis lors, plusieurs mimes, justement appréciés dans différents pays, sont venus jouer devant la cour de***; mais aucun d'eux n'a pu rappeler les merveilleux talents de Fancioulle, ni s'élever jusqu'à la même *faveur*.

LA FAUSSE MONNAIE

Comme nous nous éloignions du bureau de tabac, mon ami fit un soigneux triage de sa monnaie; dans la poche gauche de son gilet il glissa de petites pièces d'or; dans la droite, de petites pièces d'argent; dans la poche de sa culotte, une masse de gros sols, et enfin, dans la droite, une pièce d'argent de deux francs qu'il avait particulièrement examinée.

« Singulière et minutieuse répartition! » me dis-je en moi-même.

Nous fîmes la rencontre d'un pauvre qui nous tendit sa casquette en tremblant. — Je ne connais rien de plus inquiétant que l'éloquence muette de ces yeux suppliants, qui contiennent à la fois, pour l'homme sensible qui sait y lire, tant d'humilité, tant de reproches. Il trouve quelque chose approchant cette profondeur de sentiment compliqué, dans les yeux larmoyants des chiens qu'on fouette.

L'offrande de mon ami fut beaucoup plus considérable que la mienne, et je lui dis : « Vous avez raison ; après le plaisir d'être étonné, il n'en est pas de plus grand que celui de causer une surprise. — C'était la pièce fausse », me répondit-il tranquillement, comme pour se justifier de sa prodigalité.

Mais dans mon misérable cerveau, toujours occupé à chercher midi à quatorze heures (de quelle fatigante faculté la nature m'a fait cadeau !), entra soudainement cette idée qu'une pareille conduite, de la part de mon ami, n'était excusable que par le désir de créer un événement dans la vie de ce pauvre diable, peut-être même de connaître les conséquences diverses, funestes ou autres, que peut engendrer une pièce fausse dans la main d'un mendiant. Ne pouvait-elle pas se multiplier en pièces vraies ? ne pouvait-elle pas aussi le conduire en prison ? Un cabaretier, un boulanger, par exemple, allait peut-être le faire arrêter comme faux monnayeur ou comme propagateur de fausse monnaie. Tout aussi bien la pièce fausse serait peut-être, pour un pauvre petit spéculateur, le germe d'une richesse de quelques jours. Et ainsi ma fantaisie allait son train, prêtant des ailes à l'esprit de mon ami et tirant toutes les déductions possibles de toutes les hypothèses possibles.

Mais celui-ci rompit brusquement ma rêverie en reprenant mes propres paroles : « Oui, vous avez raison; il n'est pas de plaisir plus doux que de surprendre un homme en lui donnant plus qu'il n'espère. »

Je le regardais dans le blanc des yeux, et je fus épouvanté de voir que ses yeux brillaient d'une incontestable candeur. Je vis alors clairement qu'il avait voulu faire à la fois la charité et une bonne affaire; gagner quarante sols et le cœur de Dieu; emporter le paradis économiquement; enfin attraper gratis un brevet d'homme charitable. Je lui aurais presque pardonné le désir de la criminelle jouissance dont je le supposais tout à l'heure capable; j'aurais trouvé curieux, singulier, qu'il s'amusât à compromettre les pauvres; mais je ne lui pardonnerai jamais l'ineptie de son calcul. On n'est jamais excusable d'être méchant, mais il y a quelque mérite à savoir qu'on l'est; et le plus irréparable des vices est de faire le mal par bêtise.

LE JOUEUR GÉNÉREUX

Hier, à travers la foule du boulevard, je me suis senti frôlé par un Etre mystérieux que j'avais toujours désiré connaître, et que je reconnus tout de suite, quoique je ne l'eusse jamais vu. Il y avait sans doute chez lui, relativement à moi, un désir analogue, car il me fit, en passant, un clignement d'œil significatif auquel je me hâtai d'obéir. Je le suivis attentivement, et bientôt, je descendis derrière lui dans une demeure souterraine, éblouissante, où éclatait un luxe dont aucune des habitations supérieures de Paris ne pourrait fournir un exemple approchant. Il me parut singulier que j'eusse pu passer si souvent à côté de ce prestigieux repaire sans en deviner l'entrée. Là régnait une atmosphère exquise, quoique capiteuse, qui faisait oublier presque instantanément toutes les fastidieuses horreurs de la vie; on y respirait une béatitude sombre, analogue à celle que durent éprouver les mangeurs de lotus quand, débarquant dans une île enchantée, éclairée des lueurs d'une éternelle après-midi, ils sentirent naître en eux, aux sons assoupissants des mélodieuses cascades, le désir de ne jamais revoir leurs pénates, leurs femmes, leurs enfants, et de ne jamais remonter sur les hautes lames de la mer.

Il y avait là des visages étranges d'hommes et de femmes, marqués d'une beauté fatale, qu'il me semblait avoir vus déjà à des époques et dans des pays dont il m'était impossible de me souvenir exactement, et qui m'inspiraient plutôt une sympathie fraternelle que cette crainte qui naît ordinairement à l'aspect de l'inconnu. Si je voulais essayer de définir d'une manière quelconque l'expression singulière de leurs regards, je dirais que jamais je ne vis d'yeux brillant plus énergiquement de l'horreur de l'ennui et du désir immortel de se sentir vivre.

Mon hôte et moi, nous étions déjà, en nous asseyant, de vieux et parfaits amis. Nous mangeâmes, nous bûmes outre mesure de toutes sortes de vins extraordinaires, et, chose non moins extraordinaire, il me semblait, après plusieurs heures, que je n'étais pas plus ivre que lui. Cependant le jeu, ce plaisir surhumain, avait coupé à divers intervalles nos fréquentes libations, et je dois dire que j'avais joué et perdu mon âme, en partie liée, avec une insouciance et une légèreté héroïques. L'âme est une chose si impalpable, si souvent inutile et quelquefois si gênante, que je n'éprouvai, quant à cette perte, qu'un peu moins d'émotion que si j'avais égaré, dans une promenade, ma carte de visite.

Nous fumâmes longuement quelques cigares dont la saveur et le parfum incomparables donnaient à l'âme la nostalgie de pays et de bonheurs inconnus, et, enivré de toutes ces délices, j'osai, dans un accès de familiarité qui ne parut pas lui déplaire, m'écrier, en m'emparant d'une coupe pleine jusqu'au bord : « A votre immortelle santé, vieux Bouc ! »

Nous causâmes aussi de l'univers, de sa création et de sa future destruction ; de la grande idée du siècle, c'est-à-dire du progrès et de la perfectibilité, et, en général, de toutes les formes de l'infatuation humaine. Sur ce sujet-là, Son Altesse ne tarissait pas en plaisanteries légères et irréfutables, et elle s'exprimait avec une suavité de diction et une tranquillité dans la drôlerie que je n'ai trouvées dans aucun des plus célèbres causeurs de l'humanité. Elle m'expliqua l'absurdité des différentes philosophies qui avaient jusqu'à présent pris possession du cerveau humain et daigna même me faire confidence de quelques principes fondamentaux dont il ne me convient pas de partager les bénéfices et la propriété avec qui que ce soit. Elle ne se plaignit en aucune façon de la mauvaise réputation dont elle jouit dans toutes les parties du monde, m'assura qu'elle était, elle-même, la personne la plus intéressée à la destruction de la *superstition*, et m'avoua qu'elle n'avait eu peur, relativement à son propre pouvoir, qu'une seule fois, c'était le jour où elle avait entendu un prédicateur, plus subtil que ses confrères, s'écrier en chaire : « Mes chers frères, n'oubliez jamais, quand vous entendrez vanter le progrès des lumières, que la plus belle des ruses du diable est de vous persuader qu'il n'existe pas ! »

Le souvenir de ce célèbre orateur nous conduisit naturellement vers le sujet des académies, et mon étrange convive m'affirma qu'il ne dédaignait pas, en beaucoup de cas, d'inspirer la plume, la parole et la conscience des pédagogues, et qu'il assistait presque toujours en personne, quoique invisible, à toutes les séances académiques.

Encouragé par tant de bontés, je lui demandai des nouvelles de Dieu, et s'il l'avait vu récemment. Il me répondit, avec une insouciance nuancée d'une certaine tristesse : « Nous nous saluons quand nous nous rencontrons, mais comme deux vieux gentilshommes, en qui une politesse innée ne saurait éteindre tout à fait le souvenir d'anciennes rancunes. »

Il est douteux que Son Altesse ait jamais donné une si longue audience à un simple mortel, et je craignais d'abuser. Enfin, comme l'aube frissonnante blanchissait les vitres, ce célèbre person-

nage, chanté par tant de poëtes et servi par tant
de philosophes qui travaillent à sa gloire sans le
savoir, me dit : « Je veux que vous gardiez de moi
un bon souvenir, et vous prouver que Moi, dont
on dit tant de mal, je suis quelquefois *bon diable*,
pour me servir d'une de vos locutions vulgaires.
Afin de compenser la perte irrémédiable que vous
avez faite de votre âme, je vous donne l'enjeu que
vous auriez gagné si le sort avait été pour vous,
c'est-à-dire la possibilité de soulager et de vaincre,
pendant toute votre vie, cette bizarre affection de
l'Ennui, qui est la source de toutes vos maladies et
de tous vos misérables progrès. Jamais un désir
ne sera formé par vous, que je ne vous aide à le
réaliser ; vous régnerez sur vos vulgaires semblables ; vous serez fourni de flatteries et même
d'adorations ; l'argent, l'or, les diamants, les palais
féeriques, viendront vous chercher et vous prie-
ront de les accepter, sans que vous ayez fait un
effort pour les gagner ; vous changerez de patrie
et de contrée aussi souvent que votre fantaisie
vous l'ordonnera ; vous vous soûlerez de voluptés,
sans lassitude, dans des pays charmants où il fait
toujours chaud et où les femmes sentent aussi bon
que les fleurs, — et cætera, et cætera... », ajouta-
t-il en se levant et en me congédiant avec un bon
sourire.

Si ce n'eût été la crainte de l'humilier devant
une aussi grande assemblée, je serais volontiers

tombé aux pieds de ce joueur généreux pour le remercier de son inouïe munificence. Mais peu à peu, après que je l'eus quitté, l'incurable défiance rentra dans mon sein; je n'osais plus croire à un si prodigieux bonheur, et, en me couchant, faisant encore ma prière par un reste d'habitude imbécile, je répétais dans un demi-sommeil : « Mon Dieu! Seigneur, mon Dieu! faites que le diable me tienne sa parole! »

XXX

LA CORDE

A Édouard Manet.

« Les illusions, — me disait mon ami, — sont
aussi innombrables peut-être que les rapports des
hommes entre eux, ou des hommes avec les choses.
Et quand l'illusion disparaît, c'est-à-dire quand
nous voyons l'être ou le fait tel qu'il existe en
dehors de nous, nous éprouvons un bizarre sentiment, compliqué moitié de regret pour le fantôme
disparu, moitié de surprise agréable devant la
nouveauté, devant le fait réel. S'il existe un phénomène évident, trivial, toujours semblable, et
d'une nature à laquelle il soit impossible de se
tromper, c'est l'amour maternel. Il est aussi difficile de supposer une mère sans amour maternel
qu'une lumière sans chaleur; n'est-il donc pas
parfaitement légitime d'attribuer à l'amour maternel toutes les actions et les paroles d'une mère,
relatives à son enfant? Et cependant, écoutez cette

petite histoire, où j'ai été singulièrement mystifié par l'illusion la plus naturelle.

« Ma profession de peintre me pousse à regarder attentivement les visages, les physionomies qui s'offrent dans ma route, et vous savez quelle jouissance nous tirons de cette faculté qui rend à nos yeux la vie plus vivante et plus significative que pour les autres hommes. Dans le quartier reculé que j'habite, et où de vastes espaces gazonnés séparent encore les bâtiments, j'observai souvent un enfant dont la physionomie ardente et espiègle, plus que toutes les autres, me séduisit tout d'abord. Il a posé plus d'une fois pour moi, et je l'ai transformé tantôt en petit bohémien, tantôt en ange, tantôt en Amour mythologique. Je lui ai fait porter le violon du vagabond, la Couronne d'Épines et les Clous de la Passion, et la Torche d'Eros. Je pris enfin à toute la drôlerie de ce gamin un plaisir si vif, que je priai un jour ses parents, de pauvres gens, de vouloir bien me le céder, promettant de bien l'habiller, de lui donner quelque argent et de ne pas lui imposer d'autre peine que de nettoyer mes pinceaux et de faire mes commissions. Cet enfant, débarbouillé, devint charmant, et la vie qu'il menait chez moi lui semblait un paradis, comparativement à celle qu'il aurait subie dans le taudis paternel. Seulement je dois dire que ce petit bonhomme m'étonna quelquefois par des crises singulières de tristesse

précoce, et qu'il manifesta bientôt un goût immo-
déré pour le sucre et les liqueurs ; si bien qu'un
jour où je constatai que, malgré mes nombreux
avertissements, il avait encore commis un nouveau
larcin de ce genre, je le menaçai de le renvoyer à
ses parents. Puis je sortis, et mes affaires me retin-
rent assez longtemps hors de chez moi.

« Quels ne furent pas mon horreur et mon étonnement quand, rentrant à la maison, le premier
objet qui frappa mon regard fut mon petit bonhomme, l'espiègle compagnon de ma vie, pendu
au panneau de cette armoire ! Ses pieds touchaient
presque le plancher ; une chaise, qu'il avait sans
doute repoussée du pied, était renversée à côté
de lui ; sa tête était penchée convulsivement sur
une épaule ; son visage, boursouflé, et ses yeux,
tout grands ouverts avec une fixité effrayante, me
causèrent d'abord l'illusion de la vie. Le dépendre
n'était pas une besogne aussi facile que vous pouvez le croire. Il était déjà fort roide, et j'avais une
répugnance inexplicable à le faire brusquement
tomber sur le sol. Il fallait le soutenir tout entier
avec un bras, et, avec la main de l'autre bras,
couper la corde. Mais cela fait, tout n'était pas
fini ; le petit monstre s'était servi d'une ficelle fort
mince qui était entrée profondément dans les
chairs, et il fallait maintenant, avec de minces
ciseaux, chercher la corde entre les deux bourre-
lets de l'enflure, pour lui dégager le cou.

« J'ai négligé de vous dire que j'avais vivement appelé au secours; mais tous mes voisins avaient refusé de me venir en aide, fidèles en cela aux habitudes de l'homme civilisé, qui ne veut jamais, je ne sais pourquoi, se mêler des affaires d'un pendu. Enfin vint un médecin qui déclara que l'enfant était mort depuis plusieurs heures. Quand, plus tard, nous eûmes à le déshabiller pour l'ensevelissement, la rigidité cadavérique était telle, que, désespérant de fléchir les membres, nous dûmes lacérer et couper les vêtements pour les lui enlever.

« Le commissaire, à qui, naturellement, je dus déclarer l'accident, me regarda de travers, et me dit : « Voilà qui est louche! » mû sans doute par un désir invétéré et une habitude d'état de faire peur, à tout hasard, aux innocents comme aux coupables.

« Restait une tâche suprême à accomplir, dont la seule pensée me causait une angoisse terrible : il fallait avertir les parents. Mes pieds refusaient de m'y conduire. Enfin j'eus ce courage. Mais, à mon grand étonnement, la mère fut impassible, pas une larme ne suinta du coin de son œil. J'attribuai cette étrangeté à l'horreur même qu'elle devait éprouver, et je me souvins de la sentence connue : « Les douleurs les plus terribles sont les douleurs muettes. » Quant au père, il se contenta de dire d'un air moitié abruti, moitié rêveur : « Après tout, cela vaut peut-être mieux ainsi; il aurait toujours mal fini! »

« Cependant le corps était étendu sur mon divan, et, assisté d'une servante, je m'occupais des derniers préparatifs, quand la mère entra dans mon atelier. Elle voulait, disait-elle, voir le cadavre de son fils. Je ne pouvais pas, en vérité, l'empêcher de s'enivrer de son malheur et lui refuser cette suprême et sombre consolation. Ensuite elle me pria de lui montrer l'endroit où son petit s'était pendu. « Oh! non! madame, — lui répondis-je, — cela vous ferait mal. » Et comme involontairement mes yeux se tournaient vers la funèbre armoire, je m'aperçus, avec un dégoût mêlé d'horreur et de colère, que le clou était resté fiché dans la paroi, avec un long bout de corde qui traînait encore. Je m'élançai vivement pour arracher ces derniers vestiges du malheur, et comme j'allais les lancer au dehors par la fenêtre ouverte, la pauvre femme saisit mon bras et me dit d'une voix irrésistible : « Oh! monsieur! laissez-moi cela! je vous en prie! je vous en supplie! » Son désespoir l'avait, sans doute, me parut-il, tellement affolée, qu'elle s'éprenait de tendresse maintenant pour ce qui avait servi d'instrument à la mort de son fils, et le voulait garder comme une horrible et chère relique. — Et elle s'empara du clou et de la ficelle.

« Enfin! enfin! tout était accompli. Il ne restait

plus qu'à me remettre au travail, plus vivement encore que d'habitude, pour chasser peu à peu ce petit cadavre qui hantait les replis de mon cerveau, et dont le fantôme me fatiguait de ses grands yeux fixes. Mais le lendemain je reçus un paquet de lettres : les unes, des locataires de ma maison, quelques autres des maisons voisines; l'une, du premier étage; l'autre du second; l'autre, du troisième, et ainsi de suite, les unes en style demi-plaisant, comme cherchant à déguiser sous un apparent badinage la sincérité de la demande; les autres, lourdement effrontées et sans orthographe, mais toutes tendant au même but, c'est-à-dire à obtenir de moi un morceau de la funeste et béatifique corde. Parmi les signataires il y avait, je dois le dire, plus de femmes que d'hommes; mais tous, croyez-le bien, n'appartenaient pas à la classe infime et vulgaire. J'ai gardé ces lettres.

« Et alors, soudainement, une lueur se fit dans mon cerveau, et je compris pourquoi la mère tenait tant à m'arracher la ficelle et par quel commerce elle entendait se consoler. »

XXXI

LES VOCATIONS

Dans un beau jardin où les rayons d'un soleil automnal semblaient s'attarder à plaisir, sous un ciel déjà verdâtre où des nuages d'or flottaient comme des continents en voyage, quatre beaux enfants, quatre garçons, las de jouer sans doute, causaient entre eux.

L'un disait : « Hier on m'a mené au théâtre. Dans des palais grands et tristes, au fond desquels on voit la mer et le ciel, des hommes et des femmes, sérieux et tristes aussi, mais bien plus beaux et bien mieux habillés que ceux que nous voyons partout, parlent avec une voix chantante. Ils se menacent, ils supplient, ils se désolent, et ils appuient souvent leur main sur un poignard enfoncé dans leur ceinture. Ah! c'est bien beau! Les femmes sont bien plus belles et bien plus grandes que celles qui viennent nous voir à la maison, et, quoique avec leurs grands yeux creux et leurs joues enflammées elles aient l'air terrible, on ne peut pas s'empêcher de les aimer. On a peur, on a envie de pleurer, et cependant l'on est content... Et puis, ce qui est plus singulier, cela donne envie d'être habillé de même, de dire et de faire les mêmes choses, et de parler avec la même voix... »

L'un des quatre enfants, qui depuis quelques secondes n'écoutait plus le discours de son camarade et observait avec une fixité étonnante je ne sais quel point du ciel, dit tout à coup : « Regardez, regardez là-bas...! *Le* voyez-vous? Il est assis sur ce petit nuage isolé, ce petit nuage couleur de feu, qui marche doucement. *Lui* aussi, on dirait qu'*il* nous regarde. »

« Mais qui donc? » demandèrent les autres.

« Dieu! » répondit-il avec un accent parfait de conviction. « Ah! il est déjà bien loin; tout à l'heure, vous ne pourrez plus le voir. Sans doute il voyage, pour visiter tous les pays. Tenez, il va passer derrière cette rangée d'arbres qui est presque à l'horizon... et maintenant il descend derrière le clocher... Ah! on ne le voit plus! » Et l'enfant resta longtemps tourné du même côté, fixant sur la ligne qui sépare la terre du ciel des yeux où brillait une inexplicable expression d'extase et de regret.

« Est-il bête, celui-là, avec son bon Dieu, que lui seul peut apercevoir! » dit alors le troisième, dont toute la petite personne était marquée d'une vivacité et d'une vitalité singulières. « Moi, je vais

vous raconter comment il m'est arrivé quelque
chose qui ne vous est jamais arrivé, et qui est un
peu plus intéressant que votre théâtre et vos
nuages. — Il y a quelques jours, mes parents m'ont
emmené en voyage avec eux, et, comme dans
l'auberge où nous nous sommes arrêtés, il n'y avait
pas assez de lits pour nous tous, il a été décidé que
je dormirais dans le même lit que ma bonne. »
— Il attira ses camarades près de lui, et parla
d'une voix plus basse. — « Ça fait un singulier
effet, allez, de n'être pas couché seul et d'être dans
un lit avec sa bonne, dans les ténèbres. Comme
je ne dormais pas, je me suis amusé, pendant
qu'elle dormait, à passer ma main sur ses bras,
sur son cou et sur ses épaules. Elle a les bras et le
cou bien plus gros que toutes les autres femmes,
et la peau en est si douce, si douce, qu'on dirait
du papier à lettre ou du papier de soie. J'y avais
tant de plaisir que j'aurais longtemps continué,
si je n'avais pas eu peur, peur de la réveiller
d'abord, et puis encore peur de je ne sais quoi.
Ensuite j'ai fourré ma tête dans ses cheveux qui
pendaient dans son dos, épais comme une crinière,
et ils sentaient aussi bon, je vous assure, que les
fleurs du jardin, à cette heure-ci. Essayez, quand
vous pourrez, d'en faire autant que moi, et vous
verrez ! »

Le jeune auteur de cette prodigieuse révélation
avait, en faisant son récit, les yeux écarquillés par

une sorte de stupéfaction de ce qu'il éprouvait encore, et les rayons du soleil couchant, en glissant à travers les boucles rousses de sa chevelure ébouriffée, y allumaient comme une auréole sulfureuse de passion. Il était facile de deviner que celui-là ne perdrait pas sa vie à chercher la Divinité dans les nuées, et qu'il la trouverait fréquemment ailleurs.

Enfin le quatrième dit : « Vous savez que je ne m'amuse guère à la maison; on ne me mène jamais au spectacle; mon tuteur est trop avare; Dieu ne s'occupe pas de moi et de mon ennui, et je n'ai pas une belle bonne pour me dorloter. Il m'a souvent semblé que mon plaisir serait d'aller toujours droit devant moi, sans savoir où, sans que personne s'en inquiète, et de voir toujours des pays nouveaux. Je ne suis jamais bien nulle part, et je crois toujours que je serais mieux ailleurs que là où je suis. Eh bien! j'ai vu, à la dernière foire du village voisin, trois hommes qui vivent comme je voudrais vivre. Vous n'y avez pas fait attention, vous autres. Ils étaient grands, presque noirs et très-fiers, quoique en guenilles, avec l'air de n'avoir besoin de personne. Leurs grands yeux sombres sont devenus tout à fait brillants pendant qu'ils faisaient de la musique; une musique si surprenante qu'elle donne envie tantôt de danser, tantôt de pleurer, ou de faire les deux à la fois, et qu'on deviendrait comme fou si on les écoutait trop longtemps. L'un, en traînant son archet sur son violon, semblait raconter un chagrin, et l'autre, en faisant sautiller son petit marteau sur les cordes d'un petit piano suspendu à son cou par une courroie, avait l'air de se moquer de la plainte de son voisin, tandis que le troisième choquait de temps à autre ses cymbales avec une violence extraordinaire. Ils étaient si contents d'eux-mêmes, qu'ils ont continué à jouer leur musique de sauvages, même après que la foule s'est dispersée. Enfin ils ont ramassé leurs sous, ont chargé leur bagage sur leur dos, et sont partis. Moi, voulant savoir où ils demeuraient, je les ai suivis de loin, jusqu'au bord de la forêt, où j'ai compris seulement alors qu'ils ne demeuraient nulle part.

Alors l'un a dit : « Faut-il déployer la tente? »

« Ma foi! non! » a répondu l'autre, « il fait une si belle nuit! »

Le troisième disait en comptant la recette : « Ces gens-là ne sentent pas la musique, et leurs femmes dansent comme des ours. Heureusement, avant un mois nous serons en Autriche, où nous trouverons un peuple plus aimable. »

« Nous ferions peut-être mieux d'aller vers l'Espagne, car voici la saison qui s'avance; fuyons avant les pluies et ne mouillons que notre gosier », a dit un des deux autres.

« J'ai tout retenu, comme vous voyez. Ensuite ils ont bu chacun une tasse d'eau-de-vie et se sont

endormis, le front tourné vers les étoiles. J'avais
eu d'abord envie de les prier de m'emmener avec
eux et de m'apprendre à jouer de leurs instruments ; mais je n'ai pas osé, sans doute parce qu'il
est toujours très-difficile de se décider à n'importe
quoi, et aussi parce que j'avais peur d'être rattrapé
avant d'être hors de France. »

L'air peu intéressé des trois autres camarades
me donna à penser que ce petit était déjà un
incompris. Je le regardais attentivement ; il y avait
dans son œil et dans son front ce je ne sais quoi de
précocement fatal qui éloigne généralement la
sympathie, et qui, je ne sais pourquoi, excitait la
mienne, au point que j'eus un instant l'idée bizarre
que je pouvais avoir un frère à moi-même inconnu.

Le soleil s'était couché. La nuit solennelle avait
pris place. Les enfants se séparèrent, chacun allant,
à son insu, selon les circonstances et les hasards,
mûrir sa destinée, scandaliser ses proches et gra-
viter vers la gloire ou vers le déshonneur.

LE THYRSE

A Franz Liszt.

QU'EST-CE qu'un thyrse? selon le sens moral et poétique, c'est un emblème sacerdotal dans la main
des prêtres et des prêtresses célébrant la divinité
dont ils sont les interprètes et les serviteurs. Mais
physiquement ce n'est qu'un bâton, un pur bâton,
perche à houblon, tuteur de vigne, sec, dur et
droit. Autour de ce bâton, dans des méandres
capricieux, se jouent et folâtrent des tiges et des
fleurs, celles-ci sinueuses et fuyardes, celles-là
penchées comme des cloches ou des coupes ren-
versées. Et une gloire étonnante jaillit de cette
complexité de lignes et de couleurs, tendres ou
éclatantes. Ne dirait-on pas que la ligne courbe
et la spirale font leur cour à la ligne droite et
dansent autour dans une muette adoration? Ne
dirait-on pas que toutes ces corolles délicates, tous

ces calices, explosions de senteurs et de couleurs, exécutent un mystique fandango autour du bâton hiératique? Et quel est, cependant, le mortel imprudent qui osera décider si les fleurs et les pampres ont été faits pour le bâton, ou si le bâton n'est que le prétexte pour montrer la beauté des pampres et des fleurs? Le thyrse est la représentation de votre étonnante dualité, maître puissant et vénéré, cher Bacchant de la Beauté mystérieuse et passionnée. Jamais nymphe exaspérée par l'invincible Bacchus ne secoua son thyrse sur les têtes de ses compagnes affolées avec autant d'énergie et de caprice que vous agitez votre génie sur les cœurs de vos frères. — Le bâton, c'est votre volonté, droite, ferme et inébranlable; les fleurs, c'est la promenade de votre fantaisie autour de votre volonté; c'est l'élément féminin exécutant autour du mâle ses prestigieuses pirouettes. Ligne droite et ligne arabesque, intention et expression, roideur de la volonté, sinuosité du verbe, unité du but, variété des moyens, amalgame tout-puissant et indivisible du génie, quel analyste aura le détestable courage de vous diviser et de vous séparer?

Cher Liszt, à travers les brumes, par delà les fleuves, par-dessus les villes où les pianos chantent votre gloire, où l'imprimerie traduit votre sagesse, en quelque lieu que vous soyez, dans les splendeurs de la ville éternelle ou dans les brumes des pays

rêveurs que console Gambrinus, improvisant des
chants de délectation ou d'ineffable douleur, ou
confiant au papier vos méditations abstruses,
chantre de la Volupté et de l'Angoisse éternelles,
philosophe, poëte et artiste, je vous salue en l'immortalité!

XXXIII

ENIVREZ-VOUS

Il faut être toujours ivre. Tout est là : c'est l'unique question. Pour ne pas sentir l'horrible fardeau du Temps qui brise vos épaules et vous penche vers la terre, il faut vous enivrer sans trêve.

Mais de quoi? De vin, de poésie ou de vertu, à votre guise. Mais enivrez-vous.

Et si quelquefois, sur les marches d'un palais, sur l'herbe verte d'un fossé, dans la solitude morne de votre chambre, vous vous réveillez, l'ivresse déjà diminuée ou disparue, demandez au vent, à la vague, à l'étoile, à l'oiseau, à l'horloge, à tout ce qui fuit, à tout ce qui gémit, à tout ce qui roule, à tout ce qui chante, à tout ce qui parle, demandez quelle heure il est; et le vent, la vague, l'étoile, l'oiseau, l'horloge, vous répondront : « Il est l'heure de s'enivrer! Pour n'être pas les esclaves martyrisés du Temps, enivrez-vous; enivrez-vous sans cesse! De vin, de poésie ou de vertu, à votre guise. »

DÉJÀ!

CENT fois déjà le soleil avait jailli, radieux ou attristé, de cette cuve immense de la mer dont les bords ne se laissent qu'à peine apercevoir; cent fois il s'était replongé, étincelant ou morose, dans son immense bain du soir. Depuis nombre de jours, nous pouvions contempler l'autre côté du firmament et déchiffrer l'alphabet céleste des antipodes. Et chacun des passagers gémissait et grognait. On eût dit que l'approche de la terre exaspérait leur souffrance. « Quand donc », disaient-ils, « cesserons-nous de dormir un sommeil secoué par la lame, troublé par un vent qui ronfle plus haut que nous? Quand pourrons-nous manger de la viande qui ne soit pas salée comme l'élément infâme qui nous porte? Quand pourrons-nous digérer dans un fauteuil immobile?

Il y en avait qui pensaient à leur foyer, qui regrettaient leurs femmes infidèles et maussades, et leur progéniture criarde. Tous étaient si affolés par l'image de la terre absente, qu'ils auraient, je crois, mangé de l'herbe avec plus d'enthousiasme que les bêtes.

Enfin un rivage fut signalé; et nous vîmes, en approchant, que c'était une terre magnifique, éblouissante. Il semblait que les musiques de la vie s'en détachaient en un vague murmure, et que de ces côtes, riches en verdures de toute sorte, s'exhalait, jusqu'à plusieurs lieues, une délicieuse odeur de fleurs et de fruits.

Aussitôt chacun fut joyeux, chacun abdiqua sa mauvaise humeur. Toutes les querelles furent oubliées, tous les torts réciproques pardonnés; les duels convenus furent rayés de la mémoire, et les rancunes s'envolèrent comme des fumées.

Moi seul j'étais triste, inconcevablement triste. Semblable à un prêtre à qui on arracherait sa divinité, je ne pouvais, sans une navrante amertume, me détacher de cette mer si monstrueusement séduisante, de cette mer si infiniment variée dans son effrayante simplicité, et qui semble contenir en elle et représenter par ses jeux, ses allures, ses colères et ses sourires, les humeurs, les agonies et les extases de toutes les âmes qui ont vécu, qui vivent et qui vivront!

En disant adieu à cette incomparable beauté, je me sentais abattu jusqu'à la mort; et c'est pourquoi, quand chacun de mes compagnons dit : « Enfin! » je ne pus crier que : « *Déjà!* »

Cependant c'était la terre, la terre avec ses bruits, ses passions, ses commodités, ses fêtes; c'était une terre riche et magnifique, pleine de promesses, qui nous envoyait un mystérieux parfum de rose et de musc, et d'où les musiques de la vie nous arrivaient en un amoureux murmure.

LE SPLEEN DE PARIS

Le tumulte, l'agitation, le vacarme de quelque
fête d'autrefois sont... interrogation... le
mystère qu'on cherche dans la... (illegible)
Merveilleux, la vie ? On ignore complètement
quel mouvement peut les saisir, et qu'ils en
ébranlent jusqu'à... ... ...

XXXV

LES FENÊTRES

Celui qui regarde du dehors à travers une fenêtre
ouverte, ne voit jamais autant de choses que celui
qui regarde une fenêtre fermée. Il n'est pas d'objet
plus profond, plus mystérieux, plus fécond, plus
ténébreux, plus éblouissant qu'une fenêtre éclairée
d'une chandelle. Ce qu'on peut voir au soleil est
toujours moins intéressant que ce qui se passe derrière une vitre. Dans ce trou noir ou lumineux vit
la vie, rêve la vie, souffre la vie.

Par delà des vagues de toits, j'aperçois une
femme mûre, ridée déjà, pauvre, toujours penchée sur quelque chose, et qui ne sort jamais.
Avec son visage, avec son vêtement, avec son
geste, avec presque rien, j'ai refait l'histoire
de cette femme, ou plutôt sa légende, et quelquefois je me la raconte à moi-même en pleu-
rant.

Si c'eût été un pauvre vieux homme, j'aurais
refait la sienne tout aussi aisément.

Et je me couche, fier d'avoir vécu et souffert dans d'autres que moi-même.

Peut-être me direz-vous : « Es-tu sûr que cette légende soit la vraie ? » Qu'importe ce que peut être la réalité placée hors de moi, si elle m'a aidé à vivre, à sentir que je suis et ce que je suis ?

LE DÉSIR DE PEINDRE

Malheureux peut-être l'homme, mais heureux l'artiste que le désir déchire!

Je brûle de peindre celle qui m'est apparue si rarement et qui a fui si vite, comme une belle chose regrettable derrière le voyageur emporté dans la nuit. Comme il y a longtemps déjà qu'elle a disparu!

Elle est belle, et plus que belle; elle est surprenante. En elle le noir abonde : et tout ce qu'elle inspire est nocturne et profond. Ses yeux sont deux antres où scintille vaguement le mystère, et son regard illumine comme l'éclair : c'est une explosion dans les ténèbres.

Je la comparerais à un soleil noir, si l'on pouvait concevoir un astre noir versant la lumière et le bonheur. Mais elle fait plus volontiers penser à la lune, qui sans doute l'a marquée de sa redoutable influence; non pas la lune blanche des idylles, qui ressemble à une froide mariée, mais la lune sinistre

et enivrante, suspendue au fond d'une nuit ora-
geuse et bousculée par les nuées qui courent; non
pas la lune paisible et discrète visitant le sommeil
des hommes purs, mais la lune arrachée du ciel,
vaincue et révoltée, que les Sorcières thessaliennes
contraignent durement à danser sur l'herbe
terrifiée!

Dans son petit front habitent la volonté tenace
et l'amour de la proie. Cependant, au bas de ce
visage inquiétant, où des narines mobiles aspirent
l'inconnu et l'impossible, éclate, avec une grâce
inexprimable, le rire d'une grande bouche, rouge
et blanche, et délicieuse, qui fait rêver au
miracle d'une superbe fleur éclose dans un terrain
volcanique.

Il y a des femmes qui inspirent l'envie de les
vaincre et de jouir d'elles; mais celle-ci donne le
désir de mourir lentement sous son regard.

LES BIENFAITS DE LA LUNE

La Lune, qui est le caprice même, regarda par la fenêtre pendant que tu dormais dans ton berceau, et se dit : « Cette enfant me plaît. »

Et elle descendit moelleusement son escalier de nuages, et passa sans bruit à travers les vitres. Puis elle s'étendit sur toi avec la tendresse souple d'une mère, et elle déposa ses couleurs sur ta face. Tes prunelles en sont restées vertes, et tes joues extraordinairement pâles. C'est en contemplant cette visiteuse que tes yeux se sont si bizarrement agrandis ; et elle t'a si tendrement serrée à la gorge que tu en as gardé pour toujours l'envie de pleurer.

Cependant, dans l'expansion de sa joie, la Lune remplissait toute la chambre, comme une atmosphère phosphorique, comme un poison lumineux ; et toute cette lumière vivante pensait et disait : « Tu subiras éternellement l'influence de mon baiser. Tu seras belle à ma manière. Tu aimeras ce que j'aime et ce qui m'aime : l'eau, les nuages, le silence et la nuit; la mer immense et verte; l'eau informe et multiforme; le lieu où tu ne seras pas; l'amant que tu ne connaîtras pas; les fleurs monstrueuses; les parfums qui font délirer; les chats qui se pâment sur les pianos et qui gémissent comme les femmes, d'une voix rauque et douce!

« Et tu seras aimée de mes amants, courtisée par mes courtisans. Tu seras la reine des hommes aux yeux verts dont j'ai serré aussi la gorge dans mes caresses nocturnes; de ceux-là qui aiment la mer, la mer immense, tumultueuse et verte, l'eau informe et multiforme, le lieu où ils ne sont pas, la femme qu'ils ne connaissent pas, les fleurs sinistres qui ressemblent aux encensoirs d'une religion inconnue, les parfums qui troublent la volonté, et les animaux sauvages et voluptueux qui sont les emblèmes de leur folie. »

Et c'est pour cela, maudite chère enfant gâtée, que je suis maintenant couché à tes pieds, cherchant dans toute ta personne le reflet de la redoutable Divinité, de la fatidique marraine, de la nourrice empoisonneuse de tous les *lunatiques*.

XXXVIII

LAQUELLE EST LA VRAIE?

J'ai connu une certaine Bénédicta, qui remplissait l'atmosphère d'idéal, et dont les yeux répandaient le désir de la grandeur, de la beauté, de la gloire et de tout ce qui fait croire à l'immortalité.

Mais cette fille miraculeuse était trop belle pour vivre longtemps; aussi est-elle morte quelques jours après que j'eus fait sa connaissance, et c'est moi-même qui l'ai enterrée, un jour que le printemps agitait son encensoir jusque dans les cimetières. C'est moi qui l'ai enterrée, bien close dans une bière d'un bois parfumé et incorruptible comme les coffres de l'Inde.

Et comme mes yeux restaient fichés sur le lieu où était enfoui mon trésor, je vis subitement une petite personne qui ressemblait singulièrement à la défunte, et qui, piétinant sur la terre fraîche avec une violence hystérique et bizarre, disait en éclatant de rire : « C'est moi, la vraie Bénédicta! C'est moi, une fameuse canaille! Et pour la punition de ta folie et de ton aveuglement, tu m'aimeras telle que je suis! »

Mais moi, furieux, j'ai répondu : « Non! non! non! » Et pour mieux accentuer mon refus, j'ai frappé si violemment la terre du pied que ma jambe s'est enfoncée jusqu'au genou dans la sépulture récente, et que, comme un loup pris au piége, je reste attaché, pour toujours peut-être, à la fosse de l'idéal.

UN CHEVAL DE RACE

Elle est bien laide. Elle est délicieuse pourtant !

Le Temps et l'Amour l'ont marquée de leurs griffes et lui ont cruellement enseigné ce que chaque minute et chaque baiser emportent de jeunesse et de fraîcheur.

Elle est vraiment laide ; elle est fourmi, araignée, si vous voulez, squelette même ; mais aussi elle est breuvage, magistère, sorcellerie ! en somme, elle est exquise.

Le Temps n'a pu rompre l'harmonie pétillante de sa démarche ni l'élégance indestructible de son armature. L'Amour n'a pas altéré la suavité de son haleine d'enfant ; et le Temps n'a rien arraché de son abondante crinière d'où s'exhale en fauves parfums toute la vitalité endiablée du Midi français : Nîmes, Aix, Arles, Avignon, Narbonne, Toulouse, villes bénies du soleil, amoureuses et charmantes !

Le Temps et l'Amour l'ont vainement mordue

à belles dents; ils n'ont rien diminué du charme vague, mais éternel, de sa poitrine garçonnière.

Usée peut-être, mais non fatiguée, et toujours héroïque, elle fait penser à ces chevaux de grande race que l'œil du véritable amateur reconnaît, même attelés à un carrosse de louage ou à un lourd chariot.

Et puis elle est si douce et si fervente! Elle aime comme on aime en automne; on dirait que les approches de l'hiver allument dans son cœur un feu nouveau, et la servilité de sa tendresse n'a jamais rien de fatigant.

XL

LE MIROIR

Un homme épouvantable entre et se regarde dans
la glace.

« — Pourquoi vous regardez-vous au miroir,
puisque vous ne pouvez vous y voir qu'avec déplaisir? »

L'homme épouvantable me répond : « — Monsieur, d'après les immortels principes de 89, tous
les hommes sont égaux en droits; donc je possède
le droit de me mirer; avec plaisir ou déplaisir, cela
ne regarde que ma conscience. »

Au nom du bon sens, j'avais sans doute raison;
mais, au point de vue de la loi, il n'avait pas tort.

LE PORT

Un port est un séjour charmant pour une âme fatiguée des luttes de la vie. L'ampleur du ciel, l'architecture mobile des nuages, les colorations changeantes de la mer, le scintillement des phares, sont un prisme merveilleusement propre à amuser les yeux sans jamais les lasser. Les formes élancées des navires, au gréement compliqué, auxquels la houle imprime des oscillations harmonieuses, servent à entretenir dans l'âme le goût du rythme et de la beauté. Et puis, surtout, il y a une sorte de plaisir mystérieux et aristocratique pour celui qui n'a plus ni curiosité ni ambition, à contempler, couché dans le belvédère ou accoudé sur le môle, tous ces mouvements de ceux qui partent et de ceux qui reviennent, de ceux qui ont encore la force de vouloir, le désir de voyager ou de s'enrichir.

PORTRAITS DE MAITRESSES

Dans un boudoir d'hommes, c'est-à-dire dans un fumoir attenant à un élégant tripot, quatre hommes fumaient et buvaient. Ils n'étaient précisément ni jeunes ni vieux, ni beaux ni laids; mais vieux ou jeunes, ils portaient cette distinction non méconnaissable des vétérans de la joie, cet indescriptible je ne sais quoi, cette tristesse froide et railleuse qui dit clairement : « Nous avons fortement vécu, et nous cherchons ce que nous pourrions aimer et estimer. »

L'un d'eux jeta la causerie sur le sujet des femmes. Il eût été plus philosophique de n'en pas parler du tout; mais il y a des gens d'esprit qui, après boire, ne méprisent pas les conversations banales. On écoute alors celui qui parle, comme on écouterait de la musique de danse.

« Tous les hommes, disait celui-ci, ont eu l'âge
de Chérubin : c'est l'époque où, faute de dryades,
on embrasse, sans dégoût, le tronc des chênes.
C'est le premier degré de l'amour. Au second
degré, on commence à choisir. Pouvoir délibérer,
c'est déjà une décadence. C'est alors qu'on recherche décidément la beauté. Pour moi, messieurs,
je me fais gloire d'être arrivé, depuis longtemps,
à l'époque climatérique du troisième degré où
la beauté elle-même ne suffit plus, si elle n'est
assaisonnée par le parfum, la parure, et cætera.
J'avouerai même que j'aspire quelquefois, comme
à un bonheur inconnu, à un certain quatrième
degré qui doit marquer le calme absolu. Mais,
durant toute ma vie, excepté à l'âge de Chérubin,
j'ai été plus sensible que tout autre à l'énervante
sottise, à l'irritante médiocrité des femmes. Ce que
j'aime surtout dans les animaux, c'est leur candeur. Jugez donc combien j'ai dû souffrir par ma
dernière maîtresse.

« C'était la bâtarde d'un prince. Belle, cela va
sans dire; sans cela, pourquoi l'aurais-je prise?
Mais elle gâtait cette grande qualité par une
ambition malséante et difforme. C'était une
femme qui voulait toujours faire l'homme. « Vous
« n'êtes pas un homme! Ah! si j'étais un homme!
« De nous deux, c'est moi qui suis l'homme! »
Tels étaient les insupportables refrains qui sor-
taient de cette bouche d'où je n'aurais voulu voir

s'envoler que des chansons. A propos d'un livre,
d'un poëme, d'un opéra pour lequel je laissais
échapper mon admiration : « Vous croyez peut-
« être que cela est très-fort? disait-elle aussitôt;
« est-ce que vous vous connaissez en force? » et
elle argumentait.

« Un beau jour elle s'est mise à la chimie; de
sorte qu'entre ma bouche et la sienne je trouvai
désormais un masque de verre. Avec tout cela, fort
bégueule. Si parfois je la bousculais par un geste
un peu trop amoureux, elle se convulsait comme
une sensitive violée...

— Comment cela a-t-il fini? dit l'un des trois
autres. Je ne vous savais pas si patient.

— Dieu, reprit-il, mit le remède dans le mal. Un
jour je trouvai cette Minerve, affamée de force
idéale, en tête-à-tête avec mon domestique, et dans
une situation qui m'obligea à me retirer discrètement pour ne pas les faire rougir. Le soir, je les
congédiai tous les deux, en leur payant les arré-
rages de leurs gages.

— Pour moi, reprit l'interrupteur, je n'ai à me
plaindre que de moi-même. Le bonheur est venu
habiter chez moi, et je ne l'ai pas reconnu. La destinée m'avait, en ces derniers temps, octroyé la
jouissance d'une femme qui était bien la plus
douce, la plus soumise et la plus dévouée des créa-
tures, et toujours prête! et sans enthousiasme!
« Je le veux bien, puisque cela vous est agréable. »

C'était sa réponse ordinaire. Vous donneriez la bastonnade à ce mur ou à ce canapé, que vous en tireriez plus de soupirs que n'en tiraient du sein de ma maîtresse les élans de l'amour le plus forcené. Après un an de vie commune, elle m'avoua qu'elle n'avait jamais connu le plaisir. Je me dégoûtai de ce duel inégal, et cette fille incomparable se maria. J'eus plus tard la fantaisie de la revoir, et elle me dit, en me montrant six beaux enfants : « Eh bien! mon cher ami, l'épouse est « encore aussi *vierge* que l'était votre maîtresse. » Rien n'était changé dans cette personne. Quelquefois je la regrette : j'aurais dû l'épouser. »

Les autres se mirent à rire, et un troisième dit à son tour :

« Messieurs, j'ai connu des jouissances que vous avez peut-être négligées. Je veux parler du comique dans l'amour, et d'un comique qui n'exclut pas l'admiration. J'ai plus admiré ma dernière maîtresse que vous n'avez pu, je crois, haïr ou aimer les vôtres. Et tout le monde l'admirait autant que moi. Quand nous entrions dans un restaurant, au bout de quelques minutes, chacun oubliait de manger pour la contempler. Les garçons eux-mêmes et la dame du comptoir ressentaient cette extase contagieuse jusqu'à oublier leurs devoirs. Bref, j'ai vécu quelque temps en tête-à-tête avec un *phénomène* vivant. Elle mangeait, mâchait, broyait, dévorait, engloutissait, mais avec l'air le plus léger et le plus insouciant du monde. Elle m'a tenu ainsi longtemps en extase. Elle avait une manière douce, rêveuse, anglaise et romanesque de dire : « J'ai faim! » Et elle répétait ces mots jour et nuit en montrant les plus jolies dents du monde, qui vous eussent attendris et égayés à la fois. — J'aurais pu faire ma fortune en la montrant dans les foires comme *monstre polyphage*. Je la nourrissais bien; et cependant elle m'a quitté...

— Pour un fournisseur aux vivres, sans doute?

— Quelque chose d'approchant, une espèce d'employé dans l'intendance qui, par quelque tour de bâton à lui connu, fournit peut-être à cette pauvre enfant la ration de plusieurs soldats. C'est du moins ce que j'ai supposé...

— Moi, dit le quatrième, j'ai enduré des souffrances atroces par le contraire de ce qu'on reproche en général à l'égoïste femelle. Je vous trouve mal venus, trop fortunés mortels, à vous plaindre des imperfections de vos maîtresses! »

Cela fut dit d'un ton fort sérieux, par un homme d'aspect doux et posé, d'une physionomie presque cléricale, malheureusement illuminée par des yeux d'un gris clair, de ces yeux dont le regard dit : « Je veux! » ou : « Il faut! » ou bien : « Je ne pardonne jamais! »

« Si, nerveux comme je vous connais, vous,
G..., lâches et légers comme vous êtes, vous deux
K... et J..., vous aviez été accouplés à une certaine
femme de ma connaissance, ou vous vous seriez
enfuis, ou vous seriez morts. Moi, j'ai survécu,
comme vous voyez. Figurez-vous une personne
incapable de commettre une erreur de sentiment
ou de calcul; figurez-vous une sérénité désolante
de caractère; un dévouement sans comédie et sans
emphase; une douceur sans faiblesse; une énergie
sans violence. L'histoire de mon amour ressemble
à un interminable voyage sur une surface pure et
polie, comme un miroir, vertigineusement monotone, qui aurait réfléchi tous mes sentiments et
mes gestes avec l'exactitude ironique de ma propre
conscience, de sorte que je ne pouvais pas me per-
mettre un geste ou un sentiment déraisonnable
sans apercevoir immédiatement le reproche muet
de mon inséparable spectre. L'amour m'apparaissait comme une tutelle. Que de sottises elle m'a
empêché de faire, que je regrette de n'avoir pas
commises! Que de dettes payées malgré moi!
Elle me privait de tous les bénéfices que j'aurais
pu tirer de ma folie personnelle. Avec une froide
et infranchissable règle, elle barrait tous mes
caprices. Pour comble d'horreur, elle n'exigeait
pas de reconnaissance, le danger passé. Combien
de fois ne me suis-je pas retenu de lui sauter à la
gorge, en lui criant : « Sois donc imparfaite, misé-

rable! afin que je puisse t'aimer sans malaise et
« sans colère. » Pendant plusieurs années, je l'ai
admirée, le cœur plein de haine. Enfin, ce n'est
pas moi qui en suis mort!

— Ah! firent les autres, elle est donc morte?

— Oui! cela ne pouvait continuer ainsi.
L'amour était devenu pour moi un cauchemar
accablant. Vaincre ou mourir, comme dit la
Politique, telle était l'alternative que m'imposait
la destinée! Un soir, dans un bois... au bord d'une
mare... après une mélancolique promenade où
ses yeux, à elle, réfléchissaient la douceur du
ciel, et où mon cœur, à moi, était crispé comme
l'enfer...

— Quoi!

— Comment!

— Que voulez-vous dire?

— C'était inévitable. J'ai trop le sentiment de
l'équité pour battre, outrager ou congédier un ser-
viteur irréprochable. Mais il fallait accorder ce
sentiment avec l'horreur que cet être m'inspirait;
me débarrasser de cet être sans lui manquer de
respect. Que vouliez-vous que je fisse d'elle, *puisqu'elle était parfaite?* »

Les trois autres compagnons regardèrent celui-ci avec un regard vague et légèrement hébété,
comme feignant de ne pas comprendre et comme
avouant implicitement qu'ils ne se sentaient
pas, quant à eux, capables d'une action aussi

rigoureuse, quoique suffisamment expliquée d'ailleurs.

Ensuite on fit apporter de nouvelles bouteilles, pour tuer le Temps qui a la vie si dure, et accélérer la Vie qui coule si lentement.

LE GALANT TIREUR

Comme la voiture traversait le bois, il la fit arrêter
dans le voisinage d'un tir, disant qu'il lui serait
agréable de tirer quelques balles pour *tuer* le
Temps. Tuer ce monstre-là, n'est-ce pas l'occupa-
tion la plus ordinaire et la plus légitime de chacun?
— Et il offrit galamment la main à sa chère, délicieuse et exécrable femme, à cette mystérieuse
femme à laquelle il doit tant de plaisirs, tant de
douleurs, et peut-être aussi une grande partie de
son génie.

Plusieurs balles frappèrent loin du but proposé;
l'une d'elles s'enfonça même dans le plafond; et
comme la charmante créature riait follement, se
moquant de la maladresse de son époux, celui-ci se
tourna brusquement vers elle, et lui dit : « Observez cette poupée, là-bas, à droite, qui porte le nez
en l'air et qui a la mine si hautaine. Eh bien! cher
ange, *je me figure que c'est vous.* » Et il ferma les

yeux et il lâcha la détente. La poupée fut nettement décapitée.

Alors s'inclinant vers sa chère, sa délicieuse, son
exécrable femme, son inévitable et impitoyable
Muse, et lui baisant respectueusement la main, il
ajouta : « Ah! mon cher ange, combien je vous
remercie de mon adresse! »

XLIV

LA SOUPE ET LES NUAGES

Ma petite folle bien-aimée me donnait à dîner, et par la fenêtre ouverte de la salle à manger je contemplais les mouvantes architectures que Dieu fait avec les vapeurs, les merveilleuses constructions de l'impalpable. Et je me disais, à travers ma contemplation : « — Toutes ces fantasmagories sont presque aussi belles que vastes les yeux de ma belle bien-aimée, la petite folle monstrueuse aux yeux verts. »

Et tout à coup je reçus un violent coup de poing dans le dos, et j'entendis une voix rauque et charmante, une voix hystérique et comme enrouée par l'eau-de-vie, la voix de ma chère petite bien-aimée, qui disait : « — Allez-vous bientôt manger votre soupe, sacré bougre de marchand de nuages? »

LE TIR ET LE CIMETIÈRE

A la vue du cimetière, Estaminet. — « Singulière enseigne, — se dit notre promeneur, — mais bien faite pour donner soif! A coup sûr, le maître de ce cabaret sait apprécier Horace et les poëtes élèves d'Epicure. Peut-être même connaît-il le raffinement profond des anciens Égyptiens, pour qui il n'y avait pas de bon festin sans squelette, ou sans un emblème quelconque de la brièveté de la vie. »

Et il entra, but un verre de bière en face des tombes, et fuma lentement un cigare. Puis, la fantaisie le prit de descendre dans ce cimetière, dont l'herbe était si haute et si invitante, et où régnait un si riche soleil.

En effet, la lumière et la chaleur y faisaient rage, et l'on eût dit que le soleil ivre se vautrait tout de son long sur un tapis de fleurs magnifiques engraissées par la destruction. Un immense bruissement de vie remplissait l'air, — la vie des infiniment petits, — coupé à intervalles réguliers par la crépitation des coups de feu d'un tir voisin, qui éclataient comme l'explosion des bouchons de champagne dans le bourdonnement d'une symphonie en sourdine.

Alors, sous le soleil qui lui chauffait le cerveau et dans l'atmosphère des ardents parfums de la Mort, il entendit une voix chuchoter sous la tombe où il s'était assis. Et cette voix disait : « Maudites soient vos cibles et vos carabines, turbulents vivants, qui vous souciez si peu des défunts et de leur divin repos! Maudites soient vos ambitions, maudits soient vos calculs, mortels impatients, qui venez étudier l'art de tuer auprès du sanctuaire de la Mort! Si vous saviez comme le prix est facile à gagner, comme le but est facile à toucher, et combien tout est néant, excepté la Mort, vous ne vous fatigueriez pas tant, laborieux vivants, et vous troubleriez moins souvent le sommeil de ceux qui depuis longtemps ont mis dans le But, dans le seul vrai but de la détestable vie! »

PERTE D'AURÉOLE

« Eh! quoi! vous ici, mon cher? Vous, dans un
mauvais lieu! vous, le buveur de quintessences!
vous, le mangeur d'ambroisie! En vérité, il y a là
de quoi me surprendre.

— Mon cher, vous connaissez ma terreur des
chevaux et des voitures. Tout à l'heure, comme
je traversais le boulevard, en grande hâte, et que
je sautillais dans la boue, à travers ce chaos mouvant où la mort arrive au galop de tous les côtés
à la fois, mon auréole, dans un mouvement
brusque, a glissé de ma tête dans la fange du
macadam. Je n'ai pas eu le courage de la ramasser.
J'ai jugé moins désagréable de perdre mes insignes
que de me faire rompre les os. Et puis, me suis-je
dit, à quelque chose malheur est bon. Je puis
maintenant me promener incognito, faire des
actions basses, et me livrer à la crapule, comme
les simples mortels. Et me voici, tout semblable à
vous, comme vous voyez!

— Vous devriez au moins faire afficher cette
auréole, ou la faire réclamer par le commissaire.

— Ma foi! non. Je me trouve bien ici. Vous
seul, vous m'avez reconnu. D'ailleurs la dignité
m'ennuie. Ensuite je pense avec joie que quelque
mauvais poëte la ramassera et s'en coiffera impudemment. Faire un heureux, quelle jouissance! et
surtout un heureux qui me fera rire! Pensez à X,
ou à Z! Hein! comme ce sera drôle! »

MADEMOISELLE BISTOURI

Comme j'arrivais à l'extrémité du faubourg, sous les éclairs du gaz, je sentis un bras qui se coulait doucement sous le mien, et j'entendis une voix qui me disait à l'oreille : « Vous êtes médecin, monsieur? »

Je regardai; c'était une grande fille, robuste, aux yeux très-ouverts, légèrement fardée, les cheveux flottant au vent avec les brides de son bonnet.

« — Non; je ne suis pas médecin. Laissez-moi passer. — Oh! si! vous êtes médecin. Je le vois bien. Venez chez moi. Vous serez bien content de moi, allez! — Sans doute, j'irai vous voir, mais plus tard, *après le médecin*, que diable!... — Ah! ah! — fit-elle, toujours suspendue à mon bras, et en éclatant de rire, — vous êtes un médecin farceur, j'en ai connu plusieurs dans ce genre-là. Venez. »

J'aime passionnément le mystère, parce que j'ai toujours l'espoir de le débrouiller. Je me laissai donc entraîner par cette compagne, ou plutôt par cette énigme inespérée.

J'omets la description du taudis; on peut la trouver dans plusieurs vieux poëtes français bien connus. Seulement, détail non aperçu par Régnier, deux ou trois portraits de docteurs célèbres étaient suspendus aux murs.

Comme je fus dorloté! Grand feu, vin chaud, cigares; et en m'offrant ces bonnes choses et en allumant elle-même un cigare, la bouffonne créature me disait : « Faites comme chez vous, mon ami, mettez-vous à l'aise. Ça vous rappellera l'hôpital et le bon temps de la jeunesse. — Ah çà! où donc avez-vous gagné ces cheveux blancs? Vous n'étiez pas ainsi, il n'y a pas encore bien long-temps, quand vous étiez interne de L... Je me souviens que c'était vous qui l'assistiez dans les opérations graves. En voilà un homme qui aime couper, tailler et rogner! C'était vous qui lui tendiez les instruments, les fils et les éponges. — Et comme, l'opération faite, il disait fièrement, en regardant sa montre : « Cinq minutes, messieurs! » — Oh! moi, je vais partout. Je connais bien ces Messieurs. »

Quelques instants plus tard, me tutoyant, elle reprenait son antienne, et me disait : « Tu es médecin, n'est-ce pas, mon chat? »

Cet inintelligible refrain me fit sauter sur mes jambes. « Non! criai-je furieux.

— Chirurgien, alors?

— Non! non! à moins que ce ne soit pour te couper la tête! Sacré saint ciboire de sainte maquerelle!

— Attends, reprit-elle, tu vas voir. »

Et elle tira d'une armoire une liasse de papiers, qui n'était autre chose que la collection des portraits des médecins illustres de ce temps, lithographiés par Maurin, qu'on a pu voir étalée pendant plusieurs années sur le quai Voltaire.

« Tiens! le reconnais-tu celui-ci?

— Oui! c'est X. Le nom est au bas d'ailleurs; mais je le connais personnellement.

— Je savais bien! Tiens! voilà Z., celui qui disait à son cours, en parlant de X. : « Ce monstre qui porte sur son visage la noirceur de son âme! » Tout cela, parce que l'autre n'était pas de son avis dans la même affaire! Comme on riait de ça à l'École, dans le temps! Tu t'en souviens? — Tiens, voilà K., celui qui dénonçait au gouvernement les insurgés qu'il soignait à son hôpital. C'était le temps des émeutes. Comment est-ce possible qu'un si bel homme ait si peu de cœur? — Voici maintenant W., un fameux médecin anglais; je l'ai attrapé à son voyage à Paris. Il a l'air d'une demoiselle, n'est-ce pas? »

Et comme je touchais à un paquet ficelé, posé aussi sur le guéridon : « Attends un peu, — dit-elle; ça, c'est les internes, et ce paquet-ci, c'est les externes. »

Et elle déploya en éventail une masse d'images photographiques, représentant des physionomies beaucoup plus jeunes.

« Quand nous nous reverrons, tu me donneras ton portrait, n'est-ce pas, chéri?

— Mais, lui dis-je, suivant à mon tour, moi aussi, mon idée fixe, — pourquoi me crois-tu médecin?

— C'est que tu es si gentil et si bon pour les femmes!

— Singulière logique! me dis-je à moi-même.

— Oh! je ne m'y trompe guère; j'en ai connu un bon nombre. J'aime tant ces messieurs, que, bien que je ne sois pas malade, je vais quelquefois les voir, rien que pour les voir. Il y en a qui me disent froidement : « Vous n'êtes pas malade du tout! » Mais il y en a d'autres qui me comprennent, parce que je leur fais des mines.

— Et quand ils ne te comprennent pas...?

— Dame! comme je les ai dérangés *inutilement*, je laisse dix francs sur la cheminée. — C'est si bon et si doux, ces hommes-là! — J'ai découvert à la Pitié un petit interne, qui est joli comme un ange, et qui est poli! et qui travaille, le pauvre garçon! Ses camarades m'ont dit qu'il n'avait pas le sou,

parce que ses parents sont des pauvres qui ne peuvent rien lui envoyer. Cela m'a donné confiance.
Après tout, je suis assez belle femme, quoique pas
trop jeune. Je lui ai dit : « Viens me voir, viens
me voir souvent. Et avec moi, ne te gêne pas; je
n'ai pas besoin d'argent. » Mais tu comprends que
je lui ai fait entendre ça par une foule de façons;
je ne lui ai pas dit tout crûment; j'avais si peur de
l'humilier, ce cher enfant! — Eh bien! croirais-tu
que j'ai une drôle d'envie que je n'ose pas lui dire?
— Je voudrais qu'il vînt me voir avec sa trousse
et son tablier, même avec un peu de sang dessus! »

Elle dit cela d'un air fort candide, comme un
homme sensible dirait à une comédienne qu'il
aimerait : « Je veux vous voir vêtue du costume
que vous portiez dans ce fameux rôle que vous
avez créé. »

Moi, m'obstinant, je repris : « Peux-tu te souvenir de l'époque et de l'occasion où est née en toi
cette passion si particulière? »

Difficilement je me fis comprendre; enfin j'y
parvins. Mais alors elle me répondit d'un air très-
triste, et même, autant que je peux me souvenir,
en détournant les yeux : « Je ne sais pas... je ne me
souviens pas. »

Quelles bizarreries ne trouve-t-on pas dans une
grande ville, quand on sait se promener et regarder? La vie fourmille de monstres innocents. —
Seigneur, mon Dieu! vous, le Créateur, vous, le

Maître; vous qui avez fait la Loi et la Liberté;
vous, le souverain qui laissez faire, vous, le juge
qui pardonnez; vous qui êtes plein de motifs et de
causes, et qui avez peut-être mis dans mon esprit
le goût de l'horreur pour convertir mon cœur,
comme la guérison au bout d'une lame; Seigneur,
ayez pitié, ayez pitié des fous et des folles! O
créateur! peut-il exister des monstres aux yeux
de Celui-là seul qui sait pourquoi ils existent, comment ils *se sont faits* et comment ils auraient pu
ne pas se faire?

ANY WHERE OUT OF THE WORLD
N'IMPORTE OÙ HORS DU MONDE

CETTE vie est un hôpital où chaque malade est possédé du désir de changer de lit. Celui-ci voudrait souffrir en face du poêle, et celui-là croit qu'il guérirait à côté de la fenêtre.

Il me semble que je serais toujours bien là où je ne suis pas, et cette question de déménagement en est une que je discute sans cesse avec mon âme.

« Dis-moi, mon âme, pauvre âme refroidie, que penserais-tu d'habiter Lisbonne? Il doit y faire chaud, et tu t'y ragaillardirais comme un lézard. Cette ville est au bord de l'eau; on dit qu'elle est bâtie en marbre, et que le peuple y a une telle haine du végétal, qu'il arrache tous les arbres. Voilà un paysage selon ton goût; un paysage fait avec la lumière et le minéral, et le liquide pour les réfléchir! »

Mon âme ne répond pas.

« Puisque tu aimes tant le repos, avec le spectacle du mouvement, veux-tu venir habiter la Hollande, cette terre béatifiante? Peut-être te divertiras-tu dans cette contrée dont tu as souvent admiré l'image dans les musées. Que penserais-tu de Rotterdam, toi qui aimes les forêts de mâts, et les navires amarrés au pied des maisons? »

Mon âme reste muette.

« Batavia te sourirait peut-être davantage? Nous y trouverions d'ailleurs l'esprit de l'Europe marié à la beauté tropicale. »

Pas un mot. — Mon âme serait-elle morte?

« En es-tu donc venue à ce point d'engourdissement que tu ne te plaises que dans ton mal? S'il en est ainsi, fuyons vers les pays qui sont les analogies de la Mort. — Je tiens notre affaire, pauvre âme! Nous ferons nos malles pour Tornéa. Allons plus loin encore, à l'extrême bout de la Baltique; encore plus loin de la vie, si c'est possible; installons-nous au pôle. Là le soleil ne frise qu'obliquement la terre, et les lentes alternatives de la lumière et de la nuit suppriment la variété et augmentent la monotonie, cette moitié du néant. Là, nous pourrons prendre de longs bains de ténèbres, cependant que, pour nous divertir, les aurores boréales nous enverront de temps en temps leurs gerbes roses, comme des reflets d'un feu d'artifice de l'Enfer! »

Enfin, mon âme fait explosion, et sagement elle me crie : « N'importe où! n'importe où! pourvu que ce soit hors de ce monde! »

ASSOMMONS LES PAUVRES!

PENDANT quinze jours je m'étais confiné dans ma chambre, et je m'étais entouré des livres à la mode dans ce temps-là (il y a seize ou dix-sept ans) ; je veux parler des livres où il est traité de l'art de rendre les peuples heureux, sages et riches, en vingt-quatre heures. J'avais donc digéré, — avalé, veux-je dire, — toutes les élucubrations de tous ces entrepreneurs de bonheur public, — de ceux qui conseillent à tous les pauvres de se faire esclaves, et de ceux qui leur persuadent qu'ils sont tous des rois détrônés. — On ne trouvera pas surprenant que je fusse alors dans un état d'esprit avoisinant le vertige ou la stupidité.

Il m'avait semblé seulement que je sentais, confiné au fond de mon intellect, le germe obscur d'une idée supérieure à toutes les formules de bonne femme dont j'avais récemment parcouru le dictionnaire. Mais ce n'était que l'idée d'une idée, quelque chose d'infiniment vague.

Et je sortis avec une grande soif. Car le goût passionné des mauvaises lectures engendre un besoin proportionnel du grand air et des rafraîchissants.

Comme j'allais entrer dans un cabaret, un mendiant me tendit son chapeau, avec un de ces regards inoubliables qui culbuteraient les trônes, si l'esprit remuait la matière, et si l'œil d'un magnétiseur faisait mûrir les raisins.

En même temps, j'entendis une voix qui chuchotait à mon oreille, une voix que je reconnus bien ; c'était celle d'un bon Ange, ou d'un bon Démon, qui m'accompagne partout. Puisque Socrate avait son bon Démon, pourquoi n'aurais-je pas mon bon Ange, et pourquoi n'aurais-je pas l'honneur, comme Socrate, d'obtenir mon brevet de folie, signé du subtil Lélut et du bien-avisé Baillarger ?

Il existe cette différence entre le Démon de Socrate et le mien, que celui de Socrate ne se manifestait à lui que pour défendre, avertir, empêcher, et que le mien daigne conseiller, suggérer, persuader. Ce pauvre Socrate n'avait qu'un Démon prohibiteur ; le mien est un grand affirmateur, le mien est un Démon d'action, ou Démon de combat.

Or, sa voix me chuchotait ceci : « Celui-là seul est l'égal d'un autre, qui le prouve, et celui-là seul est digne de la liberté, qui sait la conquérir. »

Immédiatement, je sautai sur mon mendiant. D'un seul coup de poing, je lui bouchai un œil, qui devint, en une seconde, gros comme une balle. Je cassai un de mes ongles à lui briser deux dents, et comme je ne me sentais pas assez fort, étant né délicat et m'étant peu exercé à la boxe, pour assommer rapidement ce vieillard, je le saisis d'une main par le collet de son habit, de l'autre, je l'empoignai à la gorge, et je me mis à lui secouer vigoureusement la tête contre un mur. Je dois avouer que j'avais préalablement inspecté les environs d'un coup d'œil, et que j'avais vérifié que dans cette banlieue déserte, je me trouvais, pour un assez long temps, hors de la portée de tout agent de police.

Ayant ensuite, par un coup de pied lancé dans le dos, assez énergique pour briser les omoplates, terrassé ce sexagénaire affaibli, je me saisis d'une grosse branche d'arbre qui traînait à terre, et je le battis avec l'énergie obstinée des cuisiniers qui veulent attendrir un beefsteak.

Tout à coup, — ô miracle! ô jouissance du philosophe qui vérifie l'excellence de sa théorie! — je vis cette antique carcasse se retourner, se redresser avec une énergie que je n'aurais jamais soupçonnée dans une machine si singulièrement détraquée, et, avec un regard de haine qui me parut de *bon augure*, le malandrin décrépit se jeta sur moi, me pocha les deux yeux, me cassa quatre

dents, et, avec la même branche d'arbre, me battit
dru comme plâtre. — Par mon énergique médi-
cation, je lui avais donc rendu l'orgueil et la vie.

Alors, je lui fis force signes pour lui faire comprendre que je considérais la discussion comme
finie, et me relevant avec la satisfaction d'un
sophiste du Portique, je lui dis : « Monsieur, *vous
êtes mon égal!* veuillez me faire l'honneur de partager avec moi ma bourse; et souvenez-vous, si
vous êtes réellement philanthrope, qu'il faut appliquer à tous vos confrères, quand ils vous deman-
deront l'aumône, la théorie que j'ai eu la *douleur*
d'essayer sur votre dos. »

Il m'a bien juré qu'il avait compris ma théorie,
et qu'il obéirait à mes conseils.

LES BONS CHIENS

A M. Joseph Stevens.

Je n'ai jamais rougi, même devant les jeunes écrivains de mon siècle, de mon admiration pour Buffon; mais aujourd'hui ce n'est pas l'âme de ce peintre de la nature pompeuse que j'appellerai à mon aide. Non.

Bien plus volontiers je m'adresserais à Sterne, et je lui dirais : « Descends du ciel, ou monte vers moi les champs Elyséens, pour m'inspirer en faveur des bons chiens, des pauvres chiens, un chant digne de toi, sentimental farceur, farceur incomparable! Reviens à califourchon sur ce fameux âne qui t'accompagne toujours dans la mémoire de la postérité; et surtout que cet âne n'oublie pas de porter, délicatement suspendu entre ses lèvres, son immortel macaron! »

Arrière la muse académique! Je n'ai que faire de cette vieille bégueule. J'invoque la muse familière, la citadine, la vivante, pour qu'elle m'aide à chanter les bons chiens, les pauvres chiens, les chiens crottés, ceux-là que chacun écarte, comme pestiférés et pouilleux, excepté le pauvre dont ils sont les associés, et le poëte qui les regarde d'un œil fraternel.

Fi du chien bellâtre, de ce fat quadrupède, danois, king-charles, carlin ou gredin, si enchanté de lui-même qu'il s'élance indiscrètement dans les jambes ou sur les genoux du visiteur, comme s'il était sûr de plaire, turbulent comme un enfant, sot comme une lorette, quelquefois hargneux et insolent comme un domestique! Fi surtout de ces serpents à quatre pattes, frissonnants et désœuvrés, qu'on nomme levrettes, et qui ne logent même pas dans leur museau pointu assez de flair pour suivre la piste d'un ami, ni dans leur tête aplatie assez d'intelligence pour jouer au domino!

A la niche, tous ces fatigants parasites!

Qu'ils retournent à leur niche soyeuse et capitonnée! Je chante le chien crotté, le chien pauvre, le chien sans domicile, le chien flâneur, le chien saltimbanque, le chien dont l'instinct, comme celui du pauvre, du bohémien et de l'histrion, est merveilleusement aiguillonné par la nécessité, cette si bonne mère, cette vraie patronne des intelligences!

Je chante les chiens calamiteux, soit ceux qui errent, solitaires, dans les ravines sinueuses des

immenses villes, soit ceux qui ont dit à l'homme
abandonné, avec des yeux clignotants et spirituels : « Prends-moi avec toi, et de nos deux
misères nous ferons peut-être une espèce de
bonheur! »

« *Où vont les chiens?* » disait autrefois Nestor
Roqueplan dans un immortel feuilleton qu'il a
sans doute oublié, et dont moi seul, et Sainte-
Beuve peut-être, nous nous souvenons encore
aujourd'hui.

Où vont les chiens, dites-vous, hommes peu
attentifs? Ils vont à leurs affaires.

Rendez-vous d'affaires, rendez-vous d'amour.
A travers la brume, à travers la neige, à travers la
crotte, sous la canicule mordante, sous la pluie
ruisselante, ils vont, ils viennent, ils trottent, ils
passent sous les voitures, excités par les puces, la
passion, le besoin ou le devoir. Comme nous, ils
se sont levés de bon matin, et ils cherchent leur
vie ou courent à leurs plaisirs.

Il y en a qui couchent dans une ruine de la banlieue et qui viennent, chaque jour, à heure fixe,
réclamer la sportule à la porte d'une cuisine du
Palais-Royal; d'autres qui accourent, par troupes,
de plus de cinq lieues, pour partager le repas que
leur a préparé la charité de certaines pucelles
sexagénaires, dont le cœur inoccupé s'est donné
aux bêtes, parce que les hommes imbéciles n'en
veulent plus.

D'autres qui, comme des nègres marrons, affolés d'amour, quittent, à de certains jours, leur département pour venir à la ville, gambader pendant une heure, autour d'une belle chienne, un peu négligée dans sa toilette, mais fière et reconnaissante.

Et ils sont tous très-exacts, sans carnets, sans notes et sans portefeuilles.

Connaissez-vous la paresseuse Belgique, et avez-vous admiré comme moi tous ces chiens vigoureux attelés à la charrette du boucher, de la laitière ou du boulanger, et qui témoignent, par leurs aboiements triomphants, du plaisir orgueilleux qu'ils éprouvent à rivaliser avec les chevaux?

En voici deux qui appartiennent à un ordre encore plus civilisé! Permettez-moi de vous introduire dans la chambre du saltimbanque absent. Un lit, en bois peint, sans rideaux, des couvertures traînantes et souillées de punaises, deux chaises de paille, un poêle de fonte, un ou deux instruments de musique détraqués. Oh! le triste mobilier! Mais regardez, je vous prie, ces deux personnages intelligents, habillés de vêtements à la fois éraillés et somptueux, coiffés comme des troubadours ou des militaires, qui surveillent, avec une attention de sorciers, *l'œuvre sans nom* qui mitonne sur le poêle allumé, et au centre de laquelle une longue cuiller se dresse, plantée comme un de ces mâts aériens qui annoncent que la maçonnerie est achevée.

N'est-il pas juste que de si zélés comédiens ne se mettent pas en route sans avoir lesté leur estomac d'une soupe puissante et solide? Et ne pardonne-rez-vous pas un peu de sensualité à ces pauvres diables qui ont à affronter tout le jour l'indiffé-rence du public et les injustices d'un directeur qui se fait la grosse part et mange à lui seul plus de soupe que quatre comédiens?

Que de fois j'ai contemplé, souriant et attendri, tous ces philosophes à quatre pattes, esclaves com-plaisants, soumis ou dévoués, que le dictionnaire républicain pourrait aussi bien qualifier d'*offi-cieux*, si la république, trop occupée du *bonheur* des hommes, avait le temps de ménager l'*honneur* des chiens!

Et que de fois j'ai pensé qu'il y avait peut-être quelque part (qui sait, après tout?), pour récom-penser tant de courage, tant de patience et de labeur, un paradis spécial pour les bons chiens, les pauvres chiens, les chiens crottés et désolés. Swedenborg affirme bien qu'il y en a un pour les Turcs et un pour les Hollandais!

Les bergers de Virgile et de Théocrite atten-daient, pour prix de leurs chants alternés, un bon fromage, une flûte du meilleur faiseur, ou une chèvre aux mamelles gonflées. Le poëte qui a chanté les pauvres chiens a reçu pour récompense un beau gilet, d'une couleur, à la fois riche et fanée, qui fait penser aux soleils d'automne, à la

beauté des femmes mûres et aux étés de la Saint-
Martin.

Aucun de ceux qui étaient présents dans la
taverne de la rue Villa-Hermosa n'oubliera avec
quelle pétulance le peintre s'est dépouillé de son
gilet en faveur du poëte, tant il a bien compris
qu'il était bon et honnête de chanter les pauvres
chiens.

Tel un magnifique tyran italien, du bon temps,
offrait au divin Arétin soit une dague enrichie de
pierreries, soit un manteau de cour, en échange
d'un précieux sonnet ou d'un curieux poëme sati-
rique.

Et toutes les fois que le poëte endosse le gilet du
peintre, il est contraint de penser aux bons chiens,
aux chiens philosophes, aux étés de la Saint-Martin
et à la beauté des femmes très-mûres.

ÉPILOGUE

Le cœur content, je suis monté sur la montagne
D'où l'on peut contempler la ville en son ampleur,
Hôpital, lupanar, purgatoire, enfer, bagne,

Où toute énormité fleurit comme une fleur.
Tu sais bien, ô Satan, patron de ma détresse,
Que je n'allais pas là pour répandre un vain pleur;

Mais comme un vieux paillard d'une vieille
                               [maîtresse,
Je voulais m'enivrer de l'énorme catin
Dont le charme infernal me rajeunit sans cesse.

Que tu dormes encor dans les draps du matin,
Lourde, obscure, enrhumée, ou que tu te pavanes
Dans les voiles du soir passementés d'or fin,

Je t'aime, ô capitale infâme! Courtisanes
Et bandits, tels souvent vous offrez des plaisirs
Que ne comprennent pas les vulgaires profanes.

ANNEXES

TITRES, PLANS, PROJETS

Les listes de titres, notes, projets, canevas pour les « poèmes à faire » rendent sensible du premier coup d'œil l'ampleur et la diversité du dessein primitif de Baudelaire, qu'il dut se résigner à réduire à des proportions plus mesurées, — et mesurées surtout à son temps et à ses forces.

Les trois listes — « Poèmes à faire; *Spleen de Paris*; Poèmes faciles à faire » — sont conservées à la Bibliothèque J. Doucet.

On retrouvera certains de ces titres développés dans les notes qui suivent. « La Cour des Messageries » était, comme Baudelaire l'a indiqué lui-même, inspirée par la célèbre gravure de Boilly. « Poèmes faciles à faire », cette rubrique en dit long sur la difficulté qu'éprouvait Baudelaire à travailler. Cette liste est d'ailleurs entièrement raturée.

Nous l'avons fait suivre de trois indications — titres ou notations? — que nous avons retirées des notes pour *L'Art philosophique* où elles étaient, à notre avis, égarées. Il semble bien qu'elles puissent se rapporter aux *Petits Poèmes en prose*.

Les groupes de notes 1, 2, 3, appartenaient à la collection Armand Godoy. Le 3 a été publié par

J. Crépet dans son édition des *Petits Poèmes en prose*.
Le 4, dans les Œuvres posthumes de 1908. Le 6,
par Nadar. Le 7 provient du catalogue Charavay
n° 688 (mai 1953); il a été publié par M. Cl.
Pichois. On y relève les titres des planches de
Rethel dont il est question dans les lettres de Baudelaire et dans *L'Art philosophique*.

Le canevas de dédicace a été jeté par Baudelaire sur son « Carnet ». C'est l'un des très rares
textes que contienne cet aide-mémoire où sont
notés des noms, des chiffres, des rendez-vous.

I. LE SPLEEN DE PARIS

Poëmes à faire.

CHOSES PARISIENNES			
[FACILES : *biffé*]		Du haut des Buttes Chaumont	6
Le Vieux Petit Athée	1	Un mercredi des Cendres	7
La Cour des messageries	2	Le Poëte et l'Historien	8
L'Élégie des chapeaux	3	Oreste et Pylade	9
La Poule noire	4	Les Deux Ivrognes	10
La Fin du monde	5	Les Aliénistes	11
		Le Philosophe au carnaval	12

SPLEEN DE PARIS

à faire.

*75 Oreste et Pylade
 76 Pour Cinq Sols
 77 Une saute de vent
 78 Une rancune satisfaite (histoire de Feu-
    chères, *peut-être une nouvelle*)
 79 Le Père qui attend (vêtements de fou et
    joujoux, *peut-être une nouvelle*)
*80 Le Lazzaronne [*sic*] (à Paris)
 81 En l'honneur de mon Patron (Le billard)
 82 L'ingratitude filiale (Les Oiseaux) (expé-
    rience)
 83 Le Rêve avertisseur (*peut-être une nouvelle*)
 84 L'Auberge du Bocage (souvenir de jeunesse,
    par l'odeur, la couleur, et le vent frais)
*85 Le Poëte et l'Historien (Carlyle et Tennyson)
*86 Symptômes de ruines
*87 Mes débuts
*88 Le Retour au collège (consultation)
*89 Appartements inconnus. (Lieux connus et
    inconnus, mais reconnus. Appartements
    poudreux. Déménagements. Livres re-
    trouvés)
 90 Le Palais sur la mer
 91 Paysages sans arbres
 92 La Souricière
 93 Les Escaliers. (Vertige. Grandes courbes.
    Hommes accrochés. Une sphère, brouil-
    lard en haut et en bas.)
 94 Prisonnier dans un phare.

95 Condamnation à mort. (Faute oubliée par moi, mais subitement retrouvée, depuis la Condamnation.)

96 La Mort

*97 L'Illusion sacrée

98 Melencholia [*sic*]

99 Un désir   CLASSEMENT

100 Le Rêve de Socrate   Choses parisiennes

*101 Une parole de Jean Rêve
      Hus [*sic*]   Symboles et Moralités

102 Ni remords ni regrets?   Autres classes à trouver

103 Les derniers Chants de Lucain

104 Le Sphinx Rococo

105 La Douce Visiteuse

106 Le choléra au bal masqué

107 [La Grande Prière : *biffé*] La Statistique et le théâtre (L'Enfer au théâtre)

108 Every where, out of the world Any   } [*biffé*]

109 La Grande Prière]

108 Any where out of the world (fait)

109 La Grande Prière

110 Assommons les pauvres (fait)

111 Les Bons Chiens (fait)

112 La Prière du pharisien

Poëmes faciles à faire.

La Cour des Messageries
L'Élégie des chapeaux
Du haut des Buttes Chaumont
La Fin du monde
L'Autel de Moloch
Symptômes de Ruine
Dernière parole de Jean Hus [*sic*]
[Le Rêve de Socrate : *biffé*]
La Poule noire
Les Aliénistes
Un mercredi des Cendres
Auto-cocu ou incestueux?
Le Vieux Petit Athée
Pour Cinq Sols
Oreste et Pylade
Le Poëte et l'Historien
L'Illusion sacrée

L'homme au scorpion
Supplice par la prestidigitation
Le paradoxe de l'aumône

1.   POËMES EN PROSE

(Pour la guerre civile.)

Le canon tonne, les membres volent... des gémissements de victimes et des hurlements de sacrificateurs se font entendre... C'est l'Humanité qui cherche le bonheur.

2.   POËMES EN PROSE

Jean Hus (analyse de ses dernières paroles).
La Grande Veuve mélancolique devant le jardin de Musard.
Les pauvres devant un café neuf.
Mes rêves.
  La Comédie en province.
  Le collège.
  La mort.
  Le vide. (Sentiment du vide infini).
  Condamnation à mort pour une faute oubliée.
    (Sentiment d'effroi. Je ne discute pas l'accusation. Grande faute non expliquée dans le rêve.) Appartements inconnus, pauvres mais nobles et poétiques.

Le Vieux Saltimbanque.

L'Élégie des chapeaux. Fleurs dans le désert. Les Vers de Thomas Gray.

3. NOTE POUR L'« ÉLÉGIE DES CHAPEAUX »

Un chapeau. Surface lisse.

Une capote. Surface plissée ou bouillonnée.

La passe (à partir de l'endroit qui ne pose plus sur la tête).

La partie postérieure s'appelle fond ou calotte, *coiffe* quand elle est tuyautée.

Brides. Attaches ou petites brides.

Plumes, marabouts, aigrettes.

Tours de tête, en plumes ou en fleurs.

Une *Maintenon*, espèce de fanchon en dentelle, adaptée au chapeau, nouée par-dessus les brides.

Une *Marie Stuart*, forme avec pointe surbaissée, forme sarrasine, forme ogivale.

Chapeau *Lavallière* (passé de mode), avec deux plumes se réunissant par derrière.

Chapeau russe. Une aigrette.

Le *Toquet* porte un pompon ou une aile.

Une fleur (rose) posée en *Marie Louise*.

Chapeau à *la Marinière*, avec bouquet.

Chapeau *Longueville* est un chapeau Lavallière à une seule plume traînante et battant l'espace.

Bonnet écossais, en popeline à carreaux, avec

cocarde, agrafe d'argent et plume d'aigle ou de corbeau.

Ornements : Bouillons, ruches, biais, lisérés.

Mobilier d'un magasin de modes :

Rideaux de mousseline ou de soie blanche unie. Divans. Psyché, surface polie mobile. Miroirs ovales ou inclinés. Grande table ovale avec champignon à longs pieds. Laboratoire des fées. Besogne propre.

Aspect général; fraîcheur, clarté, blancheur, vivacité de couleur d'un parterre.

Rubans, fanfreluches, tulles, gazes, mousselines, plumes, etc.

Les chapeaux font penser aux têtes, et ont l'air d'une galerie de têtes. Car chaque chapeau, par son caractère, appelle une tête et la fait voir aux yeux de l'esprit. Têtes coupées.

Quelle tristesse dans la frivolité solitaire! Sentiment navrant de la ruine folâtre. Un monument de gaîté dans le désert. La frivolité dans l'abandon.

La modiste du faubourg, pâle, chlorotique, café au lait, comme une vieille buraliste.

4. DESCRIPTION ANALYTIQUE D'UNE ESTAMPE DE BOILLY

Au milieu d'un groupe de différentes personnes descendant d'une diligence, une femme entourée de ses enfants se jette au cou d'un voyageur en

bonnet de coton. Jour froid de Paris. Un petit se
hausse sur les pieds pour être embrassé.

Plus loin, un autre voyageur charge ses paquets
sur les crochets d'un commissionnaire.

Au premier plan, à gauche, un mendiant tend
son chapeau à un militaire à plumet jaune, un
officier de fortune, maigre comme Bonaparte, et
un garde national cherche à embrasser une suc-
culente boutiquière qui porte un éventaire; elle
se défend mollement.

A droite, un monsieur, le chapeau à la main,
parle à une femme tenant un enfant; près de ce
groupe, deux chiens qui se battent. Boilly, 1803.

5.   POÈMES NOCTURNES

La lettre d'un fat.

Mélange d'emphase sincère et d'emphase ironique.

Il y a des jours où je me sens si puissant que...
La Mappemonde.

6.

Symptômes de ruine. Bâtiments immenses. Plusieurs, l'un sur l'autre, des appartements, des
chambres, *des temples*, des galeries, des escaliers,
des cæcums, des belvéders, des lanternes, des fon-

taines, des statues. — *fissures, lézardes, humidité provenant d'un réservoir situé près du ciel.* — Comment avertir les gens, les nations —? avertissons à l'oreille les plus intelligents.

Tout en haut, une colonne craque et ses deux extrémités se déplacent. Rien n'a encore croulé. Je ne peux plus retrouver l'issue. Je descends, puis je remonte. *Une tour-labyrinthe. Je n'ai jamais pu sortir. J'habite pour toujours un bâtiment qui va crouler, un bâtiment travaillé par une maladie secrète.* — Je calcule, en moi-même, pour m'amuser, si une si prodigieuse masse de pierres, de marbres, de statues, de murs, qui vont se choquer réciproquement seront très souillés par cette multitude de cervelles, de chairs humaines et d'ossements concassés. — Je vois de si terribles choses en rêve, que je voudrais quelquefois ne plus dormir, si j'étais sûr de n'avoir pas trop de fatigue.

7.
Der Tod als Erwürger.
Erster Auftritt der Cholera auf einem Maskenball in Paris. 1831.
Der Tod als Freund.
La Mort comme bourreau.
Première apparition du Choléra à un bal masqué à Paris, 1831.
La Mort comme ami.

Les dons des fées

　　A Houssaye :　　　　　　　Le gâteau

L<small>E</small> titre
La dédicace
　A Cat... [*biffé*]
　Sans queue ni tête. Tout queue et tête.
　Commode pour moi. Commode pour vous.
Commode pour le Lecteur. Nous pouvons tous
couper où nous voulons, moi ma rêverie, vous le
manuscrit, le lecteur sa lecture. Et je ne suspends
pas la volonté rétive au fil interminable d'une
intrigue superflue.
　J'ai cherché des titres. Les 66. Quoique cependant cet ouvrage tenant de la vie et du kaléido-
scope [pourrait : *biffé*] put [*sic*] bien être poussé
jusqu'au cabalistique 666 et même 6666...
　Qu'on me sache d... [*biffé*]
　Cela vaut... [*biffé*] Cela vaut mieux qu'une
intrigue de 6 000 pages. Qu'on me sache donc
gré de ma modération.
　Quel est celui de nous qui n'a pas rêvé une prose
particulière et poëtique pour traduire les mouvements lyriques de l'esprit, les ondulations de la
rêverie, et les soubresauts de la conscience?
　Mon point de départ a été Aloysius Bertrand.
Ce qu'il avait fait pour la vie ancienne et pitto-

resque, je voulais le faire pour la vie moderne et abstraite. Et puis dès le principe, [je me suis aperçu] que je faisais AUTRE chose que ce que je voulais imiter. Ce dont un autre s'enorgueillirait, mais qui m'humilie, moi qui crois que le poëte doit toujours faire juste ce qu'il veut faire.

Note sur le mot célèbre.
Enfin, petits tronçons
tout le serpent.

A Catrin

La signature
La suite prochainement.

COMMENTAIRES

HISTOIRE DU LIVRE

DE tous les ouvrages de Baudelaire, auxquels pourtant les traverses n'ont jamais manqué, *Le Spleen de Paris* est celui à quoi le *guignon* s'est le mieux attaché. Mais à cette persistante malchance, Baudelaire a opposé une constance d'âme et une volonté, rares chez lui toujours aussi prompt à abandonner des projets qu'à les former, et comme frappé de l'incapacité de finir.

Contre les circonstances d'abord, contre l'incompréhension ensuite, contre la maladie et les multiples misères des années « belges », il a édifié son œuvre et l'a menée à fin. Si la mort intellectuelle, puis la mort tout court, ne lui ont pas laissé le temps de publier lui-même son livre, il le laissait prêt pour l'impression, de telle sorte que, de tous les écrits posthumes — et souvent même des autres — c'est le seul pour lequel l'édition de Banville et Asselineau (entreprise aussitôt après la mort du poète) puisse être tenue pour parfaitement fidèle.

Les éditeurs successifs n'ont donc eu qu'à

reprendre le livre tel qu'il était définitivement
fixé, dans son texte, son contenu et son ordre. Au
contraire de la plupart des autres recueils ou écrits
séparés, il ne pose guère de problèmes. Il reste
pourtant que cet ouvrage achevé n'en est pas
moins incomplet par rapport au dessein de son
auteur. Pour finir, justement, et pour finir à temps,
Baudelaire a dû en rabattre. Il avait conçu son
recueil — lui-même l'a dit et répété, avec le mot
même — comme le *pendant* des *Fleurs du mal*. Cette
symétrie devait, semble-t-il, s'exprimer jusque
dans le nombre des pièces que le poète avait
d'abord fixé à cent. On sait que *Les Fleurs du mal*,
dans leur forme première (édition de 1857, antérieure à la condamnation), comportent cent
poèmes, et que Baudelaire attachait de l'importance et un sens à ce chiffre. Ce sont les difficultés
croissantes du travail et la conscience qu'il a eue
de l'impossibilité de le conduire jusqu'au terme,
qui l'ont amené, du moins par intermittences, au
parti de réduire le chiffre de moitié. Et puis, ces
difficultés, cette fatigue ne traduisaient-elles pas
une certaine nécessité esthétique? Le genre du
poème en prose ne commandait-il pas une limite
quantitative assez étroite? — Baudelaire a dû
l'éprouver, puisque, s'il a maintenu l'intention
d'écrire le plus grand nombre possible de pièces
(nous donnons en annexe les listes de projets
jamais exécutés, et la plupart probablement

jamais effleurés), c'était pour disposer d'un large choix qui lui eût permis de conserver celles qui le satisferaient pleinement. En fait, il n'a écrit que les cinquante petits poèmes qu'il a finalement tous recueillis, en dressant, dans les derniers mois de sa vie, la table des matières qui arrêtait l'ordre même du recueil.

ÉLABORATION ET INFORTUNES
DE L'ŒUVRE

Un recueil qui s'est fait tout au long d'une dizaine d'années. La première pensée remonte bien certainement plus haut encore, et peut-être avant la première trace visible qui est *La Morale du Joujou* (petit essai publié en 1853 mais écrit sans doute dès 1851) d'où vient *Le Joujou du pauvre* (pièce XIX). En 1855 paraissent les deux premiers « petits poèmes » : *Le Crépuscule du soir* et *La Solitude* (il ne les séparera pas dans le recueil, où ils reçoivent les numéros XXII et XXIII).

Mais c'est l'année même des *Fleurs du mal*, en 1857, que se manifeste à nos yeux le projet de l'œuvre. Nous pensons qu'il s'était formé plus tôt, mais Baudelaire n'éprouve le besoin de l'exprimer qu'au moment où paraît le recueil de poèmes en vers auquel doit correspondre le futur recueil en prose.

Comme *Les Fleurs du mal*, ce qui sera *Le Spleen de Paris* (car il recevra plus de titres successifs que

Les Fleurs elles-mêmes) paraîtra par morceaux dans les journaux et les périodiques[1]; et, comme pour *Les Fleurs* encore, Baudelaire souhaitait que ses poèmes fussent publiés dans *La Revue des Deux Mondes* avant de l'être en volume par Poulet-Malassis. Il comptait même sur eux pour faire, à *La Revue*, une rentrée qui lui permettrait d'y prendre vraiment place. Espoir déçu — le nom de Baudelaire aura paru une fois pour toutes au sommaire de *La Revue des Deux Mondes* — et c'est le premier d'une longue suite d'échecs.

C'est *Le Présent*, le 24 août 1857 — quatre jours après le jugement et la condamnation de l'auteur des *Fleurs du mal* — qui publie six *Poèmes nocturnes* (tel est le premier des titres collectifs), suivis de la mention : « la suite prochainement ». Il n'y aura jamais de suite. Deux ans après, Baudelaire se prépare à donner quelques « Poèmes nocturnes » à *La Revue française* à laquelle il collaborait régulièrement : la revue meurt, — on n'ose dire : du coup. Deux années encore, et *La Revue fantaisiste* de Catulle Mendès offre à ses lecteurs — donc plus de quatre ans après que les premiers ont paru — neuf « Poèmes en prose » (second titre) et annonce « la suite à la prochaine livraison ». Cette livraison paraît — sans les poèmes — et elle sera la dernière. Les poèmes en prose et les

---

1. Voir *infra*, la chronologie détaillée des *Petits Poèmes en prose*.

revues qui les accueillent semblent se porter mutuellement malheur.

La malchance va feindre de se lasser. Est-ce pour la conjurer par un acte mystique? Le jour de Noël, Baudelaire écrit à Arsène Houssaye, directeur de *La Presse* et de *L'Artiste*.

Noël 1861.

Mon cher Houssaye,

Vous qui, avec l'air inoccupé, savez si bien remplir une journée, trouvez quelques instants pour parcourir ce spécimen de Poèmes en prose *que je vous envoie. Je fais une longue tentative de cette espèce, et j'ai l'intention de vous la dédier. A la fin du mois, je vous remettrai tout ce qu'il y aura de fait (un titre comme :* Le Promeneur solitaire, *ou* Le Rôdeur parisien *vaudrait mieux peut-être). Vous serez indulgent. Car vous avez fait aussi quelques tentatives de ce genre, et vous savez combien c'est difficile, particulièrement pour éviter d'avoir l'air de montrer le plan d'une chose à mettre en vers.*

. . . . ¹

Je voulais vous porter deux manuscrits : un pour La Presse *(dont nous avons parlé), un pour* L'Artiste, *celui-là est le plus avancé. Il y a plusieurs années que je rêve à mes poèmes en prose.*

1. Ici, un long paragraphe sur la candidature de Baudelaire à l'Académie française.

Je vous demanderai en même temps de me payer la partie déjà faite, *ou la totalité* faite; *car la chute soudaine et coïncidente de* La Fantaisiste *et de* L'Européenne *m'a mis sur la paille; mais comme c'est le jour de l'an; comme vous serez peut-être gêné; que d'ailleurs il n'est pas permis de tomber ainsi sur les gens à l'improviste, et qu'enfin je voudrais accorder la satisfaction immédiate de mon besoin à toutes vos aises, — à défaut d'argent, je vous demanderai un mot d'écrit me promettant l'insertion des poèmes; dans ces conditions-là, j'ai une bourse d'ami qui m'est toujours ouverte.*

Le bon côté de ce travail est qu'on peut le couper où l'on veut. J'ai dans l'idée qu' Hetzel *y trouvera la matière d'un volume romantique à images.*

Mon point de départ a été Gaspard de la Nuit *d'* Aloysius Bertrand, *que vous connaissez, sans aucun doute; mais j'ai bien vite senti que je ne pouvais pas persévérer dans ce pastiche et que l'œuvre était inimitable. Je me suis résigné à être moi-même. Pourvu que je sois amusant, vous serez content, n'est-ce pas?*

Il y a déjà quelque temps que je voulais vous offrir ce petit volume, et j'apprends que vous opérez un miracle, ou du moins que vous voulez l'opérer, en rajeunissant L'Artiste. *Ce serait bien beau; ça nous rajeunirait nous-mêmes.*

Enfin quoi qu'il en soit, et si peu que vous fassiez pour moi, merci d'avance. Tout à vous.

Ch. Baudelaire.

Lettre bien révélatrice où, comme bien souvent, les aperçus sur le travail, sur la création poétique sont mêlés aux soucis d'argent. On y trouve aussi, déjà, l'esquisse de la dédicace; on y voit apparaître deux titres, aussitôt abandonnés.

Houssaye accepte, reçoit tout le manuscrit, et le garde dans son tiroir. Baudelaire traverse une période particulièrement difficile : tous ses espoirs de ressources prochaines se sont évanouis, il ne lui reste que des dettes. C'est alors que l'éditeur Hetzel (qui a acheté *Le Spleen de Paris* et *Les Fleurs du mal* et souhaite les publier à bref délai) intervient par une lettre qu'on ne peut se dispenser de citer :

Mon Cher Houssaye,

Lis pour de bon. — Je voudrais t'écrire ceci en lettres de feu — tu as le commencement des Poèmes en prose *de Baudelaire, et pour que je puisse les publier il faut que cela ait paru dans le journal.*

Baudelaire est notre vieil ami — ce qui n'est rien, car nous avons trop d'amis — mais c'est certainement le prosateur le plus original et le poète le plus personnel de ce temps, — il n'y a pas de journal qui puisse faire attendre cet étrange classique des choses qui ne sont pas classiques — publie-le donc — mais vite — et mets-moi à même de le lire. Les vrais singuliers sont si rares!

Cette lettre, quel que fût l'intérêt personnel de l'éditeur, fait honneur à sa lucidité. Elle eut un effet immédiat : huit jours exactement après qu'elle fut envoyée, les *Petits Poèmes* commençaient de paraître dans *La Presse*, qui poursuivra la publication, — mais pour l'arrêter à son tour au vingtième morceau. Dans l'intervalle, Baudelaire subira, de Houssaye, de « véritables tortures » et la « colère [sera son] état ordinaire ». Entendons que Houssaye lui demandera de couper dans son texte qui est, on le sait, son sang et sa chair. Le différend s'aggrave, parce que le directeur de *La Presse* s'avise que tous les textes ne sont pas inédits.

Cependant, Baudelaire poursuivait — lentement, laborieusement — son ouvrage. De nouveaux poèmes sont écrits qu'il ne parvient pas à placer. Et Hetzel attend. Baudelaire écrit, le 3 janvier 1863 : « *Le Spleen de Paris* est inachevé et n'a pas été livré à temps. Il ne faut pour le finir qu'une quinzaine de journées de travail... » Mais, deux jours après : « Dieu! que ce sera long à finir! » Ainsi, jusqu'à la vraie fin — hélas! la sienne — Baudelaire, tantôt n'osera apercevoir le terme de son ouvrage, et tantôt l'annoncera toujours pour « la fin du mois ».

Il ne se décourage pourtant jamais, ni dans son travail, ni dans ses tentatives de publication. Un directeur de revue lui prend ses textes, mais c'est

pour les mutiler; un autre recule devant les
risques qu'il y aurait à imprimer le mot « imbécile » ! et considère qu'évoquer le parfum d'une
femme est, pour un écrivain, un « moyen sa-
dique » (*sic*). Une éclaircie, enfin. Le 7 février
1864, *Le Figaro* annonce la publication intégrale
du « *Spleen de Paris*, poèmes en prose », — et
l'annonce par la plume du même Bourdin qui
avait, par son article du même *Figaro*, déclenché
les poursuites contre *Les Fleurs du mal*. Baudelaire
doit goûter l'ironie et la saveur du contraste, mais,
pour lui, cette revanche apparaît aussi comme
le début d'une période nouvelle : son œuvre est
enfin comprise; cette collaboration fructueuse
promet à la fois le succès et l'argent. *Le Figaro*
publie six poèmes. Et c'est, une fois de plus, une
suite sans suite. On peut imaginer ce qu'éprouve
Baudelaire quand il donne à sa mère la raison
de cette interruption : « *C'est tout simplement que
mes poèmes ennuyaient tout le monde (m'a dit le directeur).* »

Baudelaire est à Bruxelles depuis trois grands
mois. Le 8 août 1864, il écrit (à sa mère) : « *Ah!
quelle joie quand ce sera fini! Je suis si affaibli, si
dégoûté de tout et de moi-même que quelque fois je me
figure que je ne saurai jamais achever ce livre interrompu
depuis si longtemps, et dont j'ai cependant tant caressé
l'idée!* » A la fin de l'année, il donne six poèmes,
dont trois inédits, à *La Revue de Paris*, — qui dis-

paraît avant d'avoir eu le temps de payer l'auteur!

A cette époque, on peut à bon droit trouver la preuve que Baudelaire, contrairement à l'opinion courante, n'avait pas définitivement, et depuis longtemps, renoncé à son projet initial de cent pièces. Comme nous l'avons vu, il y renonçait plutôt par intermittences, partagé d'ailleurs entre la nécessité de se limiter, et le désir de donner tout son relief au *pendant*. Il écrit en effet : « *Le Spleen de Paris*, ce maudit livre sur lequel je comptais tant est resté suspendu à moitié... » *A moitié :* or, à cette date, la presque totalité des cinquante pièces étaient écrites (38 étaient publiées, et il en existait certainement d'autres puisque *Le Figaro* en avait interrompu la publication).

Six mois plus tard, le 4 mai 1865, Baudelaire écrivait à Sainte-Beuve : « Je n'en suis qu'à soixante, et je ne peux plus aller. » Preuve, même s'il se trompait sur le nombre (ou bien aurait-il détruit plusieurs morceaux?), qu'il aurait voulu « aller » au-delà. A la même époque, dans une lettre à Manet : « J'ai une masse de poèmes en prose à répandre... » Il anticipe, comme souvent. Mais c'est donc bien *in extremis* qu'il renoncera au désir d'ajouter et se décidera à sceller le livre.

Pour l'heure, il travaille encore, avec de plus en plus de peine. Dans les derniers mois de 1865, au début de 1866 encore, ses lettres témoignent de sa volonté d'achever le livre, puis de le publier.

Mais la faculté créatrice est définitivement tarie. Même les retouches apportées aux poèmes sont infimes. Au moins les classe-t-il et établit-il cette table des matières qui forme et ferme le recueil. Le 3 mars 1866, il écrit : « *Je vais travailler 15 jours activement à mon* Spleen de Paris (...) *Tout cela fini, je vais à Paris tenter la fortune moi-même.* » Tout cela fini... Il va revenir à Paris, non pas même pour se « colleter avec le néant », comme fit Stendhal, mais pour s'y enliser longuement.

Deux ans après sa mort, en juin 1869 le livre paraît chez Michel-Lévy, formant, avec *Les Paradis artificiels*, le tome IV des « Œuvres complètes », sous le titre : *Petits Poèmes en prose*.

LE TITRE

Le titre, en effet, est à peu près le seul problème qui puisse se poser au publicateur. Baudelaire, nous l'avons vu, en a envisagé, puis abandonné plusieurs (et encore celui-ci : *La Lueur et la Fumée*), dont le meilleur, à notre gré, était le premier, à la coloration à la fois sombre et musicale : les *Nocturnes*. Il se pourrait toutefois que les raisons de son abandon se trouvent dans l'aveu de la lettre à Houssaye, beaucoup plus explicite que la « confession » de la dédicace : le « point de départ » fut le « pastiche » de *Gaspard de la nuit*. N'était-ce point trop souligner cette parenté « nocturne »? — Dans cette humilité, il y a, certes, beaucoup de coquetterie. Toujours est-il que Baudelaire a longtemps tâtonné. Les titres nettement écartés ne font pas question. Et Baudelaire n'a jamais manifesté l'intention de donner au recueil le titre dont il coiffa les deux morceaux envoyés de Belgique à la *Revue du XIXe siècle* : *Petits Poèmes Lycanthropes*.

Deux seulement restent donc possibles. *Le Spleen de Paris* est le dernier auquel Baudelaire se soit arrêté, — et avec persistance. Il est parfaitement baudelairien. Jacques Crépet a cru devoir l'écarter parce que, sur la liste qui forme le plan du recueil, Baudelaire a écrit : « petits poèmes en prose ». Ce n'est pas, là où il se trouve, un titre, mais un repère pour l'auteur, une indication. Peut-on même dire que Baudelaire a hésité finalement entre *Le Spleen de Paris* et *Petits Poèmes en prose* ? Nous ne le croyons pas. Et nous pensons pouvoir admettre que le second, simple description, simple définition, n'est guère baudelairien à la différence du premier qui comporte signification, — et signification très baudelairienne. Nous avons traduit cette conception en adoptant le premier comme titre — poétique — le second comme sous-titre, — indicatif. Nous ne faisons d'ailleurs que suivre Baudelaire. Dans les lettres de la dernière période, il ne parle plus que du *Spleen de Paris* (tout court), et toujours souligné, donc comme un *titre*. Excepté dans la lettre à Sainte-Beuve du 15 janvier 1866, où il écrit exactement : « *Le Spleen de Paris* (poèmes en prose) ». Un titre — souligné — une indication, une définition : entre parenthèses.

MANUSCRITS ET VARIANTES

Comme pour *Les Fleurs du mal*, il n'existe pas de manuscrit proprement dit du *Spleen de Paris*. Il ne subsiste que quelques manuscrits de poèmes séparés, le groupe le plus important — cinq des dernières pièces — appartenaient à la collection Armand Godoy qui n'est malheureusement plus communicable. Ils ont apporté de précieuses indications sur le travail de Baudelaire, par les variantes qu'ils contiennent (un autre, celui du *Port*, conservé à la bibliothèque J. Doucet, est plutôt une mise au net; il comporte deux ratures, la plus notable étant la substitution de « qui n'a plus de curiosité » à « qui a renoncé », formule qui orientait autrement la phrase).

Toutefois, les variantes les plus importantes nous sont offertes par les versions successives des petits poèmes parus plusieurs fois dans les journaux. Ratures, changements, repentirs témoignent de l'exigence jamais démentie de Baudelaire. Il n'est presque aucun des poèmes qui soit resté identique à lui-même à travers les différentes

publications. Souvent, ces retouches sont nombreuses; ou très nombreuses, comme dans *Les
Bons Chiens*. Il arrive même qu'on ne puisse plus
parler de changement : c'est un poème différent
que nous offre la dernière version par rapport
à la première. (Quand il subsiste une épreuve,
la trace du travail nous est conservée toute
vive.) C'est le cas pour *Le Crépuscule du soir*, *La
Solitude*, *Les Projets*. On trouvera, dans les Notes,
les versions originales ou sur épreuves de ces
trois poèmes : mieux que des commentaires,
ces versions et leur comparaison avec le texte
définitif, permettront au lecteur de saisir quelque
chose de la « méthode de composition » et de la
« genèse d'un poème », chez un poète qui se
regardait lui-même comme un « pendant »
d'Edgar Poe.

LES « POÈMES EN PROSE »,
LEUR PUBLIC ET LA CRITIQUE

Le destin décevant du *Spleen de Paris*, préfiguré par celui des premiers « petits poèmes en prose », s'est manifesté dans la critique. Tout de suite, l'accueil très favorable fait augurer d'un succès que Baudelaire aurait rarement connu. Mais la publication s'arrête, pour reprendre à très longs intervalles, et l'attention se lasse, se dilue. Aux traverses de circonstances s'ajoutent bientôt l'incompréhension, voire le dédain pour ces proses qui « ennuient tout le monde ». Les critiques attendaient sans doute la publication du recueil pour exprimer leur sentiment. Baudelaire ne le connaîtra jamais, pour l'ensemble de son œuvre. On ne sait trop si l'admiration exprimée d'abord lui demeura une consolation ou si elle ne lui rendit pas la suite plus amère.

Dès la publication dans la *Revue fantaisiste* en 1861, Sainte-Beuve, qui se disait l'ami de Baudelaire mais s'était toujours montré avare de ses articles, cette fois prend parti avec chaleur. Du

Vieux Saltimbanque et des *Veuves*, il écrit que ce
sont « deux bijoux ». Cliché, et fort plat, mais
n'importe : le ton est donné. Quelques mois plus
tard, l'ensemble de poèmes — le plus important
avant la publication posthume du recueil — paru
dans *La Presse* de Houssaye, appelle un article
de Banville qui aperçoit aussitôt dans les poèmes
en prose toute la nouveauté et la beauté qu'on
y trouvera plus tard.

« Un véritable événement littéraire a eu lieu,
écrivait-il dans *Le Boulevard* du 31 août 1862, je
veux parler de la publication des *Poëmes en prose*
de Charles Baudelaire (...). Ces courts chefs-
d'œuvre artistement achevés où, dégagée de toute
intrigue, et, pour ainsi dire, de toute construction
matérielle, la pensée libre, agile, apparaît dans sa
nudité éclatante, n'ont eu qu'à se montrer pour
faire tomber en poussière la foule des colosses
prétentieux et vides (...) une fois encore, un
homme est venu qui a prouvé le mouvement en
marchant d'un pas victorieux. Et, ne vous y
trompez pas, dans le choix de la prose appliquée
à ces compositions, il y a aussi une démonstration
importante. Voici trente ans, que dis-je? voici
mille ans qu'on nous répète avec pitié : « Que
seriez-vous sans le vers, sans le rythme, sans la
rime, sans ces enchantements tout matériels qui,
tout d'abord, vous assurent la complicité de nos
sens, bercent l'âme dans une ivresse musicale

et dissimulent sous les richesses de leurs broderies l'indigente simplicité de vos pensées? » Eh bien! les poèmes en prose de Charles Baudelaire répondent à cela encore (...). O fous bizarres de vous imaginer que c'est à un certain balancement de syllabes, à une suspension de sens, au retour régulier de certains sons qu'a été donné le privilège inouï d'enfanter des êtres!... »

En dehors de la presse, il arrivait d'ailleurs que l'admiration clairvoyante se manifestât : on l'a vu par la lettre d'Hetzel, si pénétrante, sur « cet étrange classique des choses qui ne sont pas classiques ». Il a pourtant fallu longtemps pour que les *Petits Poèmes en prose* fussent unaniment *reconnus*, tout en demeurant dans une certaine pénombre. On s'avise, pour peu qu'on considère la critique baudelairienne contemporaine, et même la recherche universitaire et l'érudition les plus traditionnelles, que Baudelaire reste d'abord et surtout le poète des *Fleurs du mal* : c'est toujours là, et dans ses écrits sur l'art, qu'on tâche à le saisir. *Le Spleen de Paris* est toujours salué, mais on s'y arrête peu. Le titre n'est même pas mentionné dans la thèse classique de Jean Prévost, qui ne fait aux *Petits Poèmes en prose* que cinq ou six allusions très rapides, et ne voit en eux que des « *doublets* » des *Fleurs*. André Lebois, dans un petit essai, a opportunément marqué « l'actualité renouvelée » et les « prestiges durables » des

poèmes en prose. Tout récemment, H. Lemaire,
dans son édition, a consacré des pages pertinentes
au *Spleen*, qui vient enfin de faire l'objet d'une
thèse de M. R. Kopp : elle a les mérites et aussi
les limites qui sont trop souvent celles de ce genre
d'ouvrages. Charles Mauron a donné aux petits
poèmes en prose leur importance et leur signification en les identifiant au « dernier Baudelaire »; or, il voit dans ce Baudelaire-là « un héros
de tragédie », en ce que « plus nous avançons vers
le dénouement, plus son personnage nous inspire
terreur et pitié. »

QUELQUE CHOSE DE NOUVEAU

Mais c'est Georges Blin, dans sa belle et pénétrante introduction (reprise dans *Le sadisme de
Baudelaire*) qui a pris, du *Spleen de Paris*, la vue,
à la fois, la plus large et la plus profonde; et
dégagé de la façon la plus décisive leur originalité
en montrant que les poèmes en prose « marquent
un commencement absolu ».

C'est par là qu'ils nous intéressent aujourd'hui,
et parfois jusqu'à éclipser — retour non pas juste,
mais naturel, des choses — le reste de l'œuvre :
certains les placent non seulement très haut, mais
au-dessus de tout, c'est-à-dire au-dessus des *Fleurs
du mal*. Tel n'est pas notre sentiment, qui est
d'ailleurs que ces hiérarchies sont vaines, comme
la mode elle-même. Il convient plutôt de souligner cette nouveauté « absolue » qui a été tout
de suite aperçue par quelques-uns, et surtout par
Baudelaire lui-même. Il ne faut pas se laisser
égarer par cette modestie ou cette coquetterie qui
le fait se ranger parmi les imitateurs et se chercher
des devanciers chez un Aloysius Bertrand et même

chez un Houssaye! A travers les déceptions, les
découragements, les périodes stériles, le pessi-
misme le plus noir, il ne cessera pas de croire en
cette œuvre nouvelle et neuve. Il n'est que de le
laisser parler.

Propos décisif, dans la seconde lettre à Houssaye
(décembre 1861) : « Il y a là *quelque chose de nouveau* » (c'est lui qui souligne). Se souvient-il du
« frisson nouveau » de Hugo? En tout cas, tout
est dit. Mais il y reviendra jusqu'au bout : « Ce
sera un livre singulier » (1863). « Un ouvrage
singulier, plus singulier, plus volontaire du moins,
que *Les Fleurs du mal...* » — « C'est encore *Les
Fleurs du mal*, mais avec beaucoup plus de liberté,
et de détail, et de raillerie. » En dehors d'allusions
à des question d'édition, c'est la dernière fois qu'il
parle du *Spleen de Paris* (19 février 1866) dans une
des dernières lettres qu'il écrira.

TRAITS ET THÈMES

La biographie est fort discréditée par la nouvelle critique qui ne veut connaître que le texte et efface l'auteur. Toutefois, on peut s'intéresser à l'auteur en tant qu'homme (et, tout de même, parce que cet homme est l'auteur de cette œuvre), et chercher à l'approcher dans son texte.

L'autobiographie est des plus visibles dans certains des petits poèmes en prose, à commencer par le premier, cet « étranger » qui est Baudelaire lui-même; orphelin de son père, partagé entre l'amour et la rancune à l'égard de sa mère, n'ayant qu'éloignement et mépris pour son frère, réticent en amitié, harcelé par les soucis d'argent mais le méprisant sincèrement; n'aimant enfin que les « nuages »... — *A une heure du matin*, est le récit d'une journée vécue et dont les principales circonstances peuvent se retrouver dans les lettres de Baudelaire. — On ne manquera pas d'apercevoir dans la sympathie pour l'âne de *Un plaisant*, l'amour ambigu de Baudelaire pour les animaux (des témoins nous le montrent tourmentant un chien ou un chat). Au contraire, c'est probablement une légende que le « sadisme » de Baudelaire se serait exercé réellement à l'égard d'un « mauvais vitrier ». En revanche, dans le même poème, « *un de mes amis, le plus inoffensif rêveur qui ait existé* », mais néanmoins incendiaire de forêt, est bien Baudelaire lui-même qui aurait tenté de mettre le feu au bois de Boulogne. Pareillement pour l' « autre » ami, dont la timidité se manifeste comme celle du poète qui n'osait entrer dans un café, ou se présenter au contrôle d'un théâtre. — *La Chambre double* ne reflète que trop bien le « *taudis, le séjour de l'éternel ennui* » que furent les innombrables domiciles de Baudelaire, où « *un seul objet* (lui) *sourit : la fiole de laudanum* ».

Mais dans cette *Chambre double*, on trouve d'abord quelques-uns des thèmes ou des obsessions et phantasme du poète, dont le surgissement ou le retour dans *Le Spleen de Paris* nous intéressent beaucoup plus que les traits biographiques les plus révélateurs ou les plus poignants.

Obsession et dénonciation du Mal, qu'exaspère la haine de la bêtise :

« *Le plus irréparable des vices est de faire le mal par bêtise* » (*La Fausse Monnaie*).

Les deux « postulations simultanées » vers Dieu et vers Satan trouvent ici leur pointe ironique :

« *Mon Dieu! Seigneur, mon Dieu! faites que le diable me tienne parole* » *(Le Joueur généreux)*.

Hantise du Temps « hideux » :

« *Il faut être toujours ivre. Tout est là : c'est l'unique question. Pour ne pas sentir l'horrible fardeau du Temps qui brise vos épaules et vous penche vers la terre, il faut vous enivrer sans trêve. — Mais de quoi? De vin, de poésie ou de vertu, à votre guise. Mais enivrez-vous.* »

Tel est le début de la pièce XXXIII, qui nous propose d'ailleurs l'exemple d'une *coda* poétique :

« *Il est l'heure de s'enivrer. Pour n'être pas les esclaves martyrisés du Temps, enivrez-vous; enivrez-vous sans cesse! De vin, de poésie ou de vertu, à votre guise.* »

A « la tyrannie de la face humaine » (qui vient d'ailleurs de Quincey), dans *A une heure du matin*, répond aussitôt dans *Les Foules* :

« *Multitude, Solitude; termes égaux, et convertibles par le poète actif et fécond.* »

Solitude irrémédiable, imperméabilité des êtres :

« *Tant il est difficile de s'entendre, mon cher ange, et tant la pensée est incommunicable, même entre gens qui s'aiment* » *(Les yeux des pauvres)*.

Le thème si baudelairien des « petites vieilles » (voir la pièce qui porte ce titre dans *Les Fleurs du mal* : — « *Ah! que j'en ai suivi de ces petites vieilles* » trouve ici des échos émouvants :

« *Il m'est arrivé une fois de suivre pendant de longues heures une vieille affligée...* » *(Les Veuves)*.

« *Oh! pour nous, malheureuses vieilles femelles, l'âge est passé de plaire, même aux innocents* » (*Le Désespoir de la vieille*).

Mais dans cette impossibilité de plaire tient justement leur salut : seule la vieille femme est « innocente » ou « purifiée ». La misogynie du poète trouve ici une expression plus cruelle qu'ailleurs, sarcastique ou même brutale :

« *Ce monstre est un de ces animaux qu'on appelle généralement « mon ange! » c'est à-dire une femme.* »

« *Tout poète que je sois, je ne suis pas aussi dupe que vous voudriez le croire et si vous me fatiguez trop souvent de vos* précieuses *pleurnicheries, je vous traiterai en* femmes sauvages, *ou je vous jetterai par la fenêtre comme une bouteille vide* » (*La Femme sauvage et la Petite-Maîtresse*).

Pourtant, c'est aussi le triomphe de « l'*Idole* », la « *Souveraine des rêves* » (*La Chambre double*). — « *En elle le noir abonde : et tout ce qu'elle inspire est nocturne et profond* (...). *Il y a des femmes qui inspirent l'envie de les vaincre et de jouir d'elles; mais celle-ci donne le désir de mourir lentement sous son regard* » (*Le Désir de peindre*). Ou bien, plus humaine : « *Elle aime comme on aime en automne; on dirait que les approches de l'hiver allument dans son cœur un feu nouveau, et la servilité de sa tendresse n'a jamais rien de fatigant* » (*Un Cheval de race*). Enfin, si baudelairienne encore, « *la beauté des femmes très mûres* » : ce sont les derniers mots du livre.

L'Art et l'Artiste, la quasi-divinité de l'un, la Passion de l'autre — à la fois élu et maudit — l'un des thèmes baudelairiens par excellence se fait entendre ici :

« *Malheureux peut-être l'homme, mais heureux l'artiste que le désir déchire!* » (*Le Désir de peindre*).

Au « Confiteor de l'artiste » — « *l'étude du beau est un duel où l'artiste crie de frayeur avant d'être vaincu* » — répond la prière du poète : « *Dieu! accordez-moi la grâce de produire quelques beaux vers qui me prouvent à moi-même que je ne suis pas le dernier des hommes, que je ne suis pas inférieur à ceux que je méprise!* » (*A une heure du matin*).

Dans *La Muse vénale*, des *Fleurs*, Baudelaire avait déjà comparé le poète au saltimbanque contraint d' « étaler » (...) — « *Son rire trempé de pleurs qu'on ne voit pas — Pour faire épanouir la rate du vulgaire* ». Voici maintenant la *fin* du *Vieux saltimbanque* : « *Je viens de voir l'image du vieil homme de lettres qui a survécu à la génération dont il fut le brillant amuseur; du vieux poète sans ami, sans famille, sans enfant, dégradé par sa misère et par l'ingratitude publique, et dans la baraque de qui le monde oublieux ne veut plus entrer!* »

Prémonition — car la pièce est assez ancienne — de ce qui sera le destin même de Baudelaire, du « dernier Baudelaire », dans ses petits poèmes en prose.

NOTES

Nous donnons ici les éclaircissements qui sont indispensables pour certaines pièces, ainsi que les variantes ou versions les plus importantes qui permettent de saisir le travail du poète. On trouvera les indications bio-bibliographiques pour l'ensemble des poèmes dans nos deux Chronologies.

P. 23. — Dédicace

La lettre à Arsène Houssaye (voir *supra*, la Notice) contenait la plupart des idées de cette dédicace dont le brouillon figure dans le *Carnet* de Baudelaire (voir *Annexes*).

L'édition de 1869, si fidèle qu'elle soit, n'en commençait pas moins par une coquille : *superfine*, pour *superflue*.

P. 56. — XIII. Les Veuves

« Vauvenargues dit... » : dans la *Réflexion* « Sur les misères cachées » (...) « Pour moi, je n'entre jamais au Luxembourg ou dans les autres jardins publics que je n'y sois environné de toutes les

misères sourdes qui accablent les hommes (...).
Tandis que dans la grande allée, se presse et se
heurte une foule d'hommes et de femmes sans
passions, je rencontre dans les allées détournées
des misérables qui fuient la vue des heureux, des
vieillards (...). Je voudrais quelquefois aborder
ces solitaires..., etc. »

P. 71. — XVII. Un hémisphère dans une chevelure

Première réplique précise d'une pièce des *Fleurs
du mal : La Chevelure*. La pièce portait d'ailleurs ce
titre dans *La Presse* (24 septembre 1862). Baudelaire y a entremêlé des thèmes d'une autre *Fleur :
Parfum exotique*.

P. 73. — XVIII. L'invitation au voyage

Second « pendant » : cette fois, le titre est le
même. Publiée trois fois par Baudelaire (1857,
1861, 1862) la pièce a été fortement retouchée.

P. 90. — XXII. Le Crépuscule du soir

L'un des deux premiers « petits poèmes »
publiés, celui-ci répond encore à la pièce des

Fleurs du mal qui porte le même titre et qui, d'ailleurs, l'accompagnait dans le recueil d'*Hommage à C. F. Denecourt* (1855). Mais le texte en était si différent que c'était presque un autre poème. Le voici :

« *La tombée de la nuit a toujours été pour moi le signal d'une fête intérieure et comme la délivrance d'une angoisse. Dans les bois comme dans les rues d'une grande ville, l'assombrissement du jour et le pointillement des étoiles ou des lanternes éclairent mon esprit.*

« *Mais j'ai eu deux amis que le crépuscule rendait malades. L'un méconnaissait alors tous les rapports d'amitié et de politesse, et brutalisait sauvagement le premier venu. Je l'ai vu jeter un excellent poulet à la tête d'un maître d'hôtel. La venue du soir gâtait les meilleures choses.*

« *L'autre, à mesure que le jour baissait, devenait plus aigre, plus sombre, plus taquin. Indulgent pendant la journée, il était impitoyable le soir; — et ce n'était pas seulement sur autrui, mais sur lui-même que s'exerçait abondamment sa manie crépusculaire.*

« *Le premier est mort fou, incapable de reconnaître sa maîtresse et son fils; le second porte en lui l'inquiétude d'une insatisfaction perpétuelle. L'ombre qui fait la lumière dans mon esprit fait la nuit dans le leur. — Et, bien qu'il ne soit pas rare de voir la même cause engendrer deux effets contraires, cela m'intrigue et m'étonne toujours.* »

Un certain nombre de retouches avaient été apportées en 1857 et en 1861 avant d'arriver à la version définitive, beaucoup plus développée et à peu près nouvelle.

P. 93. — XXIII. La Solitude

Publié avec le précédent, en 1855, sa première version diffère aussi profondément du texte définitif.

« *Il me disait aussi, — le second, — que la solitude était mauvaise pour l'homme, et il me citait je crois, des paroles des Pères de l'Église. Il est vrai que l'esprit de meurtre et de lubricité s'enflamme merveilleusement dans les solitudes; le démon fréquente les lieux arides.*

« *Mais cette séduisante solitude n'est dangereuse que pour ces âmes oisives et divagantes qui ne sont pas gouvernées par une importante pensée active. Elle ne fut pas mauvaise pour Robinson Crusoë; elle le rendit religieux, brave, industrieux; elle le purifia, elle lui enseigna jusqu'où peut aller la force de l'individu.*

« *N'est-ce pas La Bruyère qui a dit : « Ce grand malheur de ne pouvoir être seul ?... » Il en serait donc de la solitude comme du crépuscule; elle est bonne et elle est mauvaise, criminelle et salutaire, incendiaire et calmante, selon qu'on en use, et selon qu'on a usé de la vie.*

« *Quant à la jouissance, — les plus belles agapes fraternelles, les plus magnifiques réunions d'hommes*

*électrisés par un plaisir commun n'en donneront jamais
de comparable à celle qu'éprouve le Solitaire, qui, d'un
coup d'œil, a embrassé et compris toute la sublimité d'un
paysage. Ce coup d'œil lui a conquis une propriété indi-
viduelle inaliénable. »*

P. 95. — XXIV. Les Projets

Ici encore, la première version publiée (1857)
ne se retrouve que de loin dans la dernière (1864).

« *Comme tu serais belle, dans un costume de cour
compliqué et fastueux, descendant à travers l'atmosphère
d'un beau soir, les degrés de marbre d'un palais, en face
des grandes pelouses et des bassins!*

« *Mais à quoi bon de si beaux décors? Insensé! J'ou-
bliais que je hais les rois et leurs palais. — Non, ce n'est
pas dans un palais que je voudrais te posséder et jouir de
ton amitié! Nous n'y serions pas chez nous. D'ailleurs,
ces murs gaufrés, galonnés, insolents, éblouissants comme
des militaires, ressemblent à l'âme du* Grand Roi, *qui
n'avait pas de coins pour l'intimité. — Ici, pas un rêvoir;
sur ces murs criblés d'or je ne vois pas la place d'un seul
clou pour y accrocher ton image.*

« *Ah! je sais bien où je voudrais t'aimer interminable-
ment! — Au bord de la mer, une belle case en bois, enveloppée d'ombrages! Dans l'atmosphère, une odeur flottante
d'huile de coco, et partout un parfum indescriptible de
musc; à l'horizon, des bouts de mâts, auxquels une houle*

insensible fait décrire lentement des courbes dans l'air ;
autour de nous, au-delà de la chambre silencieuse, obscure,
pleine de fleurs et de nattes, avec de rares meubles d'un
rococo portugais, en bois des îles où tu reposerais si douce,
si nonchalante, si bien éventée, fumant le tabac mêlé à
l'opium et au sucre, — au delà de la varangue, le tapage
des oiseaux et le jacassement délicat des négresses.

« *Mais non ! — Pourquoi cette vaste mise en scène ?*
— Elle coûterait beaucoup d'or, et l'or ne danse que dans
la poche des imbéciles qui ne comprennent pas le Beau.
— Le plaisir est à quelques lieues d'ici, il est à deux pas,
il est dans la première auberge venue, dans l'auberge du
hasard, si féconde en bonheurs. Un grand feu, des faïences
voyantes sur les murs, un souper passable, beaucoup de
vin, et un lit très large avec des draps un peu rudes, mais
frais.

« *... Le rêve ! le rêve ! toujours le rêve maudit ! — Il*
tue l'action et mange le temps ! — Les rêves soulagent un
moment la bête dévorante qui s'agite en nous. C'est un
poison qui la soulage, mais qui la nourrit. »

P. 98. — XXV. La belle Dorothée

Voir *Bien loin d'ici* et *A une Malabaraise*, des *Fleurs du mal.*

P. 150. — XLI. Le Port

Voir *La Vie antérieure*, *La Chevelure*, *Parfum exotique* des *Fleurs*. Et *Fusées* 135 et 138 (édition Y. F.).

P. 159. — XLIII. Le Galant tireur

Voir *Fusées* nº 69 (édit. Y. F.).

P. 161. — XLIV. La Soupe et les Nuages

Le manuscrit (ancienne collection A. Godoy) montre en toutes lettres les mots : *sacré bougre*. Les points de suspension ont donc été rendus nécessaire pour l'impression. Tous les éditeurs les ont conservés. Nous rétablissons ce que Baudelaire avait écrit.

, Pareillement pour : « les *vastes* yeux de ma bien-aimée ». Le mot *vastes* a disparu du texte imprimé.

P. 164. — XLVI. Perte d'Auréole

Voir *Fusées*, nº 57 (édition Y. F.).

P. 166. — XLVII. Mademoiselle Bistouri

Comme pour la pièce XLV, nous avons rétabli les mots en toutes lettres du manuscrit, figurés ainsi dans le texte imprimé et que tous les éditeurs ont cru devoir reprendre : S... s... c... de s... m...!

P. 185. — Épilogue

L'éditeur doit s'incliner, la mort dans l'âme, devant la volonté de Baudelaire de clore son recueil par cet épilogue si évidemment médiocre.

Pourquoi, à des poèmes en prose, avoir donné un épilogue en vers? — Comparer avec un autre *Épilogue*, destiné peut-être aux *Fleurs du mal*, et qui eût si bien convenu ici, ébauche inachevée aux vers rompus, tout entier adressé à Paris : « *Je t'aime, ô ma très belle, ô ma charmante — ... Ton vice vénérable étalé dans la soie... — Tu m'as donné ta boue et j'en ai fait de l'or.* »

CHRONOLOGIE
DES
« PETITS POÈMES EN PROSE »
DU *SPLEEN DE PARIS*

Les *primes, secondes...,* etc., entre parenthèses marquent la suite des publications après la première.

1855. HOMMAGE A C.-F. DENECOUR, FONTAINE-
BLEAU, PAYSAGE, LÉGENDE, SOUVENIRS,
FANTAISIES, etc. (recueil).
Le Crépuscule du Soir.
La Solitude.

1857. LE PRÉSENT (24 août) :
Le   Crépuscule du soir (').
La Solitude (').
Les Projets.
L'Horloge.
La Chevelure.
L'Invitation au voyage.
« La suite prochainement » [il n'y en eut
pas].

1861. REVUE FANTAISISTE (1er novembre).
Sous le titre de *Poèmes en prose :*
I. *Le Crépuscule du soir* ('').
II. *La Solitude* ('').

III. *Les projets* (').
IV. *L'Horloge* (').
V. *La Chevelure* (').
VI. *L'Invitation au voyage* (').
VII. *Les Foules.*
VIII. *Les Veuves.*
IX. *Le Vieux Saltimbanque.*

« La suite à la prochaine livraison » [il n'y eut pas de prochaine livraison].

1862. LA PRESSE (26, 27 août; 24 septembre).
A Arsène Houssaye.

I. *L'Étranger.*
II. *Le Désespoir de la Vieille.*
III. *Le Confiteor de l'Artiste.*
IV. *Un Plaisant.*
V. *La Chambre double.*
VI. *Chacun la sienne.*
VII. *Le Fou et la Vénus.*
VIII. *Le Chien et le Flacon.*
IX. *Le Mauvais vitrier.*

« La suite à demain ».

X. *A une heure du matin.*
XI. *La Femme sauvage et la petite maîtresse.*
XII. *Les Foules* (').
XIII. *Les Veuves* (').
XIV. *Le Vieux Saltimbanque.*

« La suite prochainement. »

XV. *Le Gâteau.*

XVI. *L'Horloge* ('').
XVII. *Un hémisphère dans une chevelure, parfum exotique* ('').
XVIII. *L'Invitation au voyage* ('').
XIX. *Le joujou du Pauvre.*
XX. *Les Dons des Fées.*

« La suite prochainement » [il n'y en eut pas].

1863. REVUE NATIONALE ET ÉTRANGÈRE (10 juin).
Petits Poèmes en prose.
Les Tentations ou Eros, Plutus et la Gloire.
La Belle Dorothée.
LE BOULEVARD (14 juin).
Poèmes en prose :
   I. (Sans titre. Deviendra : *Les bienfaits de la Lune*).
   II. *Laquelle est la vraie.*
REVUE NATIONALE ET ÉTRANGÈRE (10 octobre, 10 décembre).
Petits Poèmes en prose :
   I. *Une mort héroïque.*
   II. *Le Désir de peindre.*
Le Thyrse (A Franz Liszt).
Les Fenêtres.
Déjà.

1864. FIGARO (7 et 14 février).

LE SPLEEN DE PARIS.

Poèmes en prose :
La Corde (A Édouard Manet).
Le Crépuscule du Soir ('").
Le joueur généreux.
Enivrez-nous.
« *Sera continué* ».
Les Vocations.
Un Cheval de race.
« *Sera continué* » (*ne le fut pas*).
La Vie parisienne (13 août).
Les Projets (").
L'Artiste (1er novembre).
Petits Poèmes en prose :
Une Mort héroïque.
La Fausse Monnaie.
La Corde (').

REVUE DE PARIS (25 décembre).

LE SPLEEN DE PARIS.

Poèmes en prose :
  I. *Les Yeux des Pauvres.*
  II. *Les Projets* ('").
III. *Le Port.*
IV. *Le Miroir.*
  V. *La Solitude* ('").
VI. *La Fausse Monnaie* (').

1865. L'INDÉPENDANCE BELGE (21 juin).
   Les Bons Chiens (A M. Joseph Stevens).

1866. REVUE DU XIXe SIÈCLE (1er juin).
   Petits poèmes Lycanthropes :
    I. *La Fausse Monnaie* ('').
    II. *Le Diable* (') (*Le Joueur Généreux*).
   Petite Revue (27 octobre).
   Les Bons Chiens (').
   Grand Journal (4 novembre).
   Les Bons Chiens ('').

1867. REVUE NATIONALE ET ÉTRANGÈRE (31 août,
   7, 14, 21, 28 septembre et 11 octobre).
   Les Bons Chiens (''').
   L'Idéal et le Réel (') (*Laquelle est la vraie?*).
   Les Bienfaits de la Lune (') (A Mlle B.).
   Portraits de maîtresses.
   Anywhere out of the world.
   Le Tir et le Cimetière.

1869. APPORTÉS PAR LE TOME IV DES ŒUVRES
   COMPLÈTES :
   Le Galant Tireur.
   La Soupe et les Nuages.
   Perte d'Auréole.
   Mademoiselle Bistouri.
   Assommons les pauvres.
   Épilogue.

CHRONOLOGIE GÉNÉRALE

	BIOGRAPHIE	LE SPLEEN DE PARIS
1821.		
7 ou 9 avril.	Naissance à Paris de Charles-Pierre BAUDELAIRE.	
1841.		
Juin.	Baudelaire est embarqué pour les Indes.	
Octobre.		
1845.		
Mai.		
Juin. Octobre. Novembre.	Tentative de suicide.	
1846.		
Janvier.		
Mai.		
Décembre.	Période probable de la rencontre avec Marie Daubrun.	

ŒUVRES ET ÉVÉNEMENTS	
	1821.
	7 ou 9 avril.
	1841.
Delacroix : *Le Naufrage de Don Juan.*	Juin.
A une Dame créole (première pièce connue des *Fleurs du mal*).	Octobre.
	1845.
Salon de 1845 (signé Baudelaire-Dufays). Poe : *The Raven and other poems.*	Mai.
	Juin.
	Octobre.
Quincey : *Suspiria de Profundis.*	Novembre.
	1846.
Musée classique du Bazar Bonne-Nouvelle.	Janvier.
Salon de 1846. *Salon caricatural.* Baudelaire travaille à son essai sur le Comique et la Caricature. Delacroix : décoration du Luxembourg.	Mai.
Delacroix : décoration du Palais-Bourbon.	Décembre.

	BIOGRAPHIE	LE SPLEEN DE PARIS
1847.		
Janvier.		
1848.		
Janvier.		
Février.	Baudelaire socialiste.	
Juillet.		
Octobre.		
1849.		
Octobre.	Début des relations avec Poulet-Malassis.	
1850.		
Juillet.		
Août.		
1851.		
Juillet.		
2 décembre.	Réaction violente de Baudelaire au →	

ŒUVRES ET ÉVÉNEMENTS	
	1847.
La Fanfarlo (écrite depuis plusieurs années).	Janvier.
	1848.
Article sur les Contes de Champfleury (apparition de la signature : Charles Baudelaire).	Janvier.
Révolution de 48.	Février.
Première traduction de Poe (*Révélation magnétique*).	Juillet.
Mort de Chateaubriand.	
Mémoires d'Outre-tombe.	Octobre.
	1849.
Mort d'Edgar Poe.	Octobre.
	1850.
Lesbos (future pièce condamnée).	Juillet.
Mort de Balzac.	Août.
	1851.
Baudelaire achève *Du comique dans les arts et des caricaturistes.*	Juillet.
Pierre Dupont	2 décembre.
Coup d'État de Louis-Napoléon.	

	BIOGRAPHIE	LE SPLEEN DE PARIS
1852.		
Mars.		
Décembre.	Premier envoi à Mme Sabatier.　→	
1853.		
Mars.		
1854.		
Février.	Deuxième envoi à Mme Sabatier.　→	
Mars-avril.		
Juillet.		
Décembre.		
1855.		
Janvier. Mai. Juin.		
Juillet.		

ŒUVRES ET ÉVÉNEMENTS	
	1852.
Edgar Allan Poe, sa vie et ses ouvrages.	Mars.
A Celle qui est trop gaie.	Décembre.
	1853.
Le Corbeau (traduit de Poe).	Mars.
	1854.
L'Aube spirituelle, Le Flambeau vivant, « *Que diras-tu ce soir...* » →	Février.
Delacroix : décoration du Salon de la Paix.	Mars-avril.
Histoires extraordinaires et *Nouvelles Histoires extraordinaires.*	Juillet.
Nerval : *Les Filles du Feu.*	Décembre.
	1855.
Mort de Nerval.	Janvier.
Exposition de 1855.	Mai.
La Revue des Deux Mondes publie dix-neuf poèmes sous le titre : *Les Fleurs du mal.*	Juin.
De l'essence du rire.	Juillet.
L'Atelier de Courbet (où Baudelaire figure « Le Poète »).	

	BIOGRAPHIE	LE SPLEEN DE PARIS
Août.		Publication des deux premiers « Petits poèmes en prose ». Recueil d'*Hommage* (à C.-F. Denecourt).
1856.		
Février.		
Mars.		
Octobre.	Rupture « définitive » avec Jeanne Duval. Il vit avec Marie Daubrun.	
Décembre.	Signature du contrat avec Poulet-Malassis et de Broise pour *Les Fleurs du mal*.	
1857.		
Janvier.		
Mars.		
Avril.	Mort du général Aupick.	
Mai.		
Juin.		
Juillet.	Poursuites contre *Les Fleurs du mal*.	

ŒUVRES ET ÉVÉNEMENTS	
Exposition de 1855 : Ingres.	Août.
	1856.
Edgar Poe, sa vie et ses œuvres.	Février.
Histoires extraordinaires (publication en librairie).	Mars.
	Octobre.
V. Hugo : *Les Contemplations.*	Décembre.
	1857.
Madame Bovary.	Janvier.
Nouvelles Histoires extraordinaires (publication en librairie).	Mars.
	Avril.
Mort d'Alfred de Musset.	Mai.
LES FLEURS DU MAL.	Juin.
	Juillet.

	BIOGRAPHIE	LE SPLEEN DE PARIS
Août.	Procès et condamnation.	Publication par *Le Présent* de six « Poèmes nocturnes ».
Octobre.		
Décembre.		
1858.		
Mai.		
Novembre.	Baudelaire revient habiter chez Jeanne.	
1859.		
Janvier.	Séjour à Honfleur.	
Mars.		
Avril.	Jeanne frappée de paralysie.	
Juin.		
Juin-juillet		
Octobre.	Lettre de V. Hugo : « Vous créez un frisson nouveau. »	

ŒUVRES ET ÉVÉNEMENTS	
	Août.
Article sur *Madame Bovary*. *Quelques caricaturistes français.* *Quelques caricaturistes étrangers.* Republication *De l'essence du rire*.	Octobre.
Lamartine : *La Vigne et la Maison*.	Décembre.
	1858.
Aventures d'Arthur Gordon Pym.	Mai.
	Novembre.
	1859.
Le Voyage.	Janvier.
Théophile Gautier.	Mars.
	Avril.
Delacroix : le dernier *Hamlet*. Campagne d'Italie : Magenta et Solférino.	Juin.
Salon de 1859. *L'Art philosophique.*	Juin-juillet
	Octobre.

	BIOGRAPHIE	LE SPLEEN DE PARIS
1860.		
Janvier.	Vendredi 13 : première attaque du mal dont mourra Baudelaire.	
Février.		
Mai.		
1861.		
Février.		
Mars-avril.		
Mai.	Maladie. Tentative de suicide.	
Juin.		
Septembre		
Novembre.		« *Poème en prose* » (I à IX) dans la *Revue Fantaisiste*.
Décembre.	Candidature à l'Académie française.	
1862.		
Janvier.	« Aujourd'hui, 23 janvier, j'ai subi un sérieux avertissement. »	
Février.	Désistement de la candidature à l'Académie française.	

ŒUVRES ET ÉVÉNEMENTS	
	1860.
	Janvier.
Lettre à Wagner.	Février.
Les Paradis artificiels.	Mai.
	1861.
Les Fleurs du mal (nouveau recueil).	Février.
Richard Wagner.	
Première mention de *Mon cœur mis à nu.*	Mars-avril.
	Mai.
Victor Hugo.	Juin.
Peintures murales d'Eugène Delacroix.	Septembre.
	Novembre.
	Décembre.
	1862.
Exposition de *Sardanapale* (Martinet).	Janvier.
Notes pour « Les Peintres de mœurs ».	Février.

	BIOGRAPHIE	LE SPLEEN DE PARIS
Avril.		
Août.	Baudelaire déclare à sa mère son « horreur de la vie » et son « horreur de la face humaine ».	Publication dans *La Presse* des pièces I à XX, sous le titre de *Petits Poèmes en prose*.
Septembre. Novembre.		
1863. Juin.		Sous le même titre, pièces XXI et XXV dans *La Revue nationale et étrangère*.
Août.		
Septembre.		Pièces XXXVII et XXXVIII dans *Le Boulevard*.
Novembre.		
Décembre.		5 pièces dans *La Revue nationale*.
1864.		
Février.		Six poèmes dans *Le Figaro* sous le titre LE SPLEEN DE PARIS
Avril.	Arrivée (le 24) à Bruxelles.	
Mai.	Échecs. — Amitié avec Rops.	
Août.		*Les projets.*
Novembre.		Trois pièces dans *L'Artiste*.
Décembre.		Six poèmes dans *La Revue de Paris* sous le titre : LE SPLEEN DE PARIS

ŒUVRES ET ÉVÉNEMENTS	
L'esprit et le style; de M. Villemain. V. Hugo : *Les Misérables.*	Avril.
Peintres et aquafortistes (première version).	Août.
Peintres et aquafortistes (deuxième version). Flaubert : *Salammbô.*	Septembre. Novembre.
	1863.
Mort de Delacroix.	Août.
L'Œuvre et la vie d'Eugène Delacroix. Mort de Vigny.	Septembre.
Le Peintre de la Vie moderne. *Eureka.*	Novembre.
	1864.
	Février.
Vente de la collection Piot.	Avril.
Catalogue de la collection Crabbe. *Préambule* pour la conférence sur *Delacroix.* Vigny : *Les Destinées.*	Mai.

	BIOGRAPHIE	LE SPLEEN DE PARIS
1865. Janvier. Février. Mars.	« J'ai l'esprit plein d'idées funèbres. »	
Juin.		*Les Bons Chiens.*
Juillet. Décembre. 1866. Janvier.	Voyage à Paris et à Honfleur.	
	« Si c'est l'apoplexie ou la paralysie qui vient...»	
Février.	Une nouvelle crise le terrasse dans l'église Saint-Loup à Namur.	
Mars.	Le 20 : dernière lettre de la main de Baudelaire. Le 23 : paralysie. Le 30 : aphasie.	
Juin.		Deux *Petits Poèmes Lycanthropes.*
Juillet.	Baudelaire est ramené à Paris.	
Octobre.	Maison de santé du Dr Duval.	*Les Bons Chiens.*
1867.	Dans sa chambre : toiles de Manet ; on lui joue du Wagner.	
31 août. 1868. Décembre. 1869.	MORT DE BAUDELAIRE.	*Le Tir et le Cimetière.* *N'importe où hors du monde.*
Février. Juin.		Tome IV. PETITS POÈMES EN PROSE. *Les Paradis artificiels.*

ŒUVRES ET ÉVÉNEMENTS	
	1865.
Histoires grotesques et sérieuses.	Janvier.
	Février.
Mallarmé : *La Symphonie littéraire.*	Mars.
Article de Verlaine sur Baudelaire	Juin.
et	Juillet.
dernières notes	Décembre.
	1866.
pour	Janvier.
Fusées	
et pour	Février.
Les Épaves.	Mars.
Mon cœur mis à nu.	Juillet.
	1867.
Tome I. *Les Fleurs du mal* (3e recueil).	31 août.
Tome II des « Œuvres complètes ».	1868.
Curiosités esthétiques.	Décembre.
	1869.
Tome III. *L'Art Romantique.*	Février.
	Juin.

TABLE

Table 279

COMMENTAIRES

IMPRIMÉ EN FRANCE PAR BRODARD ET TAUPIN
7, bd Romain-Rolland - Montrouge - Usine de La Flèche.
LIBRAIRIE GÉNÉRALE FRANÇAISE - 14, rue de l'Ancienne-Comédie - Paris.
ISBN : 2 - 253 - 01483 - 4

IMPRIMÉ EN FRANCE PAR L'IMPRIMERIE CLERC
À Saint-Amand (Cher). — Usine de La Loi typo.
LIBRAIRIE GÉNÉRALE FRANÇAISE - 6, rue Pierre-Sarrazin - Paris
ISBN : 2 - 253 - 01483 - 3

Nouvelles éditions des «classiques»

La critique évolue, les connaissances s'accroissent. Le Livre de Poche Classique renouvelle, sous des couvertures prestigieuses, la présentation et l'étude des grands auteurs français et étrangers. Les préfaces sont rédigées par les plus grands écrivains; l'appareil critique, les notes tiennent compte des plus récents travaux des spécialistes.

Texte intégral

Extrait du catalogue*

---

* *Disponible chez votre libraire.*

Le sigle 🐾 *, placé au dos du
volume, indique une nouvelle
présentation.*